THE BUSY BODY

論創海外ミステリ87

忙しい死体

Donald E. Westlake
ドナルド・E・ウェストレイク

木村浩美 訳

論創社

The Busy Body

(1966)

by Donald E. Westlake

目次

主要登場人物

アロイシャス・エンジェル……………ギャング
ニック・ロヴィート………………………ギャングのボス
アーチー・フライホーファー…………ギャング
フレッド・ハーウェル……………………ギャング
チャーリー・ブロディ……………………ギャング。故人
ボビー・バウンズ…………………………チャーリーの妻
オーガスタス・メリウェザー……………葬儀屋
カート・ブロック…………………………葬儀屋の助手
マーゴ・ケイン……………………………謎の女
マーリー・ケイン…………………………マーゴの夫
キャラハン…………………………………主任警部

忙しい死体

ヘンリーとネドラに

埋葬された死体を掘り出して略奪した者は、死者の親族と和解して、再び社会に出ることを許されるまで、法の保護を失うものとする。

——サリカ法典第四九〇章

恐ろしいことがあると、わたしは笑ってしまう。以前は葬式でも無作法なまねをした。

——チャールズ・ラム

1

エンジェルは膝が痛かった。教会に入ったのが十二年ぶりときては、もうこの雰囲気に溶け込めなかった。うっかりやってきて、ふと気がつくと、固い床板にひざまずいていた。たちまち膝の皿が焼けるように痛み出し、疼痛《とうつう》が脚全体に広がっていく。そろそろ骨が折れて歩けなくなっているにちがいない。

左側で、祭壇の真ん前の通路をまともにふさいでいるのは、金色の十字架を縫いとった黒い布が掛けられたチャーリー・ブロディの棺だった。そのとてつもなくしゃれた棺を見て、エンジェルの頭の中でいかれた童謡が流れ出した。

ティスケット
タスケット
黒と黄色のバスケット
チャーリー・ブロディくたばった《キック・ザ・バケット》
もう棺桶におさまった《イン・ア・キャスケット》

おさまった
もう棺桶におさまった

おかしな歌詞だと思ってにやにやしたが、こちらをにらみつけているニック・ロヴィートが視界の隅に入ると、またむっつりと押し黙った。そのとき左の膝に格別たちが悪い激痛が走り、エンジェルはニック・ロヴィートも文句をつけようのない顔をした。前の信者席の背もたれにすがり、できるだけそこに体重をかける。いったい、このばか騒ぎはいつまで続くんだ？

そもそも、ここまでする必要はなかった。チャーリーは仕事中にくたばったわけでも、撃ち殺されたわけでもない。心臓発作に襲われただけだ。たしかに、ちょうどインスタントコーヒーをいれる湯を沸かそうとしていてレンジに突っ伏したので、死体は〝消された〟ようなありさまだ。棺の蓋は閉めてあり、会葬者は遺体と対面しない。それはさておき、昔はこうした大がかりな葬式を出してもらえるのは、大物か仕事中に殺《や》られた者にかぎられていた。

これも新体制のおかげというわけだ。新体制のもとでは、もうだれもめったに消されなくなり、アルバート・アナスタシア（一九五〇年代のニューヨーク・マフィアの大物）の暗殺後は死体も放置されなくなった。あの事件は一部の連中が調子に乗っていたにすぎない。新体制のもとでは、中央幹部会が全組織に縄張りを与えるうえ、縄張り争いはすべてマイアミで開かれる会議で解決するため、敵対組織が抗争することもなくなった。さらに新体制のもとでは、もうだれも警官と撃ち合いをせず、穏便にことを運び、組織のお抱え弁護士にいっさいを処理させる。つまり新体制のせいで、長いあいだ組織では、超弩級セシル・B・デミル式の豪華絢爛な葬式を出せなかったのだ。

棺におさまったチャーリー・ブロディは下っ端にすぎなかった。運び屋として、ここニューヨークの組織とボルティモアの麻薬仕入先のあいだを往復するのがもっぱらの仕事だった。だが、彼は死んだ。現役の組員が死んだのは三、四年ぶりなので、この話を聞いたニック・ロヴィートはもみ手をして目をきらりと光らせた。「チャーリー・ブロディのやつを見送ってやろうじゃねえか！　いいか、見送りだぞ！」

会合に出ていた男たちは一様にほくほく顔で、そりゃいい、チャーリー・ブロディのやつが立派な見送りを受けるのは当然だ、と言ったが、彼らがチャーリー・ブロディのやつのことなど考えておらず、見送りのことを考えていたのは一目瞭然だった。

まだ会合に慣れていないエンジェルはろくに発言しなかったが、やはりその思いつきを気に入っていた。彼が組織に入ってからは見送りが開かれなかったものの、子供時代に父親から聞いた話を覚えていたのだ。「豪勢な見送りだったな」と父親は言ったものだ。「教会は会葬者で満杯だったし、外の歩道にも五千人がひしめき、そこらじゅうに騎馬警官がいたよ。市長や清掃局長なんかも現れた。いや最高の見送りだった！」

エンジェルの父親はそんな見送りに出るほど組織で出世したわけではないが、教会の外で五千人の群衆に混じっていたことは何度もあった。三年前の彼自身の葬式では、会葬者はたったの二十七人。十八年間上役だったラトウィッグ・マイヤーシュートのほかは、組織の大物はだれも姿を見せなかった。

ところがいま、組員たちは目に郷愁の色を浮かべ、新参者のチャーリー・ブロディのために、完全無欠で、とびきり派手で、昔懐かしい葬式を出そうとしていた。ニック・ロヴィートがもみ手をして言った。「だれか、聖パトリック大聖堂に電話しな」

テーブルから声があがった。「ニック、チャーリーはカトリックじゃありませんよ」

ニック・ロヴィートはむっとした。「チャーリーの宗派なんざどうでもいい。立派な見送りをするならカトリック教会だろうが。それともなにか、しけた面したクエーカー教徒を並べて、葬式を台無しにさせたいのか?」

だれもそんなことは望まなかったので、こうしてチャーリーは正式なカトリックの見送りを受けていた。ラテン語の歌詞と神父たちのしゃれた衣装、鼻につんとくるお香、振りまかれる聖水、その他おきまりの手順。会場は先約が入っていた聖パトリック大聖堂ではなくブルックリンの教会だったが、広さは大聖堂にひけをとらず、ともあれ墓地には近かった。

膝のことが頭に浮かんでさえいたらな、とエンジェルはつぶやいた。けさインフルエンザにかかって、ほかのやつに棺桶を担がせたのに。

ま、いいか。どうせ葬式はもうじき終わる。ニック・ロヴィートが立ち上がると、五人の担ぎ手もそれに続いた。と、次の瞬間、エンジェルの膝が石壁に反響しそうな音でごきっと鳴り、またしてもニック・ロヴィートににらまれた。どうすりゃいいんだ? 膝が鳴るのは止められないじゃないか。

脚がこわばっていて、もう歩けないのかとエンジェルは一瞬ひやりとした。どこもかしこもじんじんしている。膝を屈伸しかけてから、はたと気がついた。そこは教会の最前列で、会葬者から丸見えなのだ。エンジェルはすばやく背筋を伸ばし、ほかの担ぎ手と一緒に通路へ出た。

持ち場は左側の最後尾だ。担ぎ手はそれぞれの位置につき、祭壇に背を向けて立った。エンジェルには教会に詰め込まれた全員の顔が見えた。ＦＢＩのおとり捜査官と犯罪委員会のおとり捜査官と財務省のおとり捜査官と麻薬捜査班のおとり捜査官を抜きにして、さらに新聞記者と通信社の記者とカメラマンと人情記事を書く女性記者を抜きにしても、そこにはまだ四百人あまりの会葬者がニック・ロヴィートの招きで来ていた。

市長は来ていないが、代理に住宅局長を寄こしていた。ほかにも、ワシントンにある組織のトップにのぼりつめた下院議員三人、組織と、組織の隠れ蓑であるナイトクラブやレストランのお抱え歌手とコメディアンが数人、地味すぎるスーツを着た弁護士が大勢、いかにも医者らしく太って胃弱気味に見える医者が数人、気の毒そうな顔をした保健教育福祉省のお役人たちもいる。テレビ局や広告会社の重役たちは、チャーリーとは一面識もなかったが、ニックとはつきあいがあり、ほかの多くの有名人を知っていた。早い話が、これは名士の集まりであり、チャーリー本人がここに居合わせたら、腰を抜かしたことだろう。

右側の先頭にいるニック・ロヴィートがうなずくと、ほかの担ぎ手は棺にかがみこんで黒い布に隠れた取っ手を手探りし、棺を肩に担ぎ上げた。あとに残ったワゴンが新聞の写真に写らないよう、先導役がすばやくどけてから、担ぎ手たちはあちらこちらでフラッシュがたかれる通路を歩き出した。エンジェルはいちばん背が高いので、重みがほとんどかかっていた。棺が肩に食い込み、膝の痛みなどころりと忘れそうだ。

担ぎ手たちは通路の両側にいかめしい顔を向け、ゆっくりと進んだ。生と死と永遠に思いを馳せながら。ニックに警告されたのに、おれたちの写真を撮るばかなカメラマンはいるだろうか、と考えながら。やがて彼らは陽光の中に歩み出て、低く長い石段を霊柩車のほうへ降りていった。たいした見ものだった。歩道の両側はロープで仕切られ、そのすぐ内側に、日光を反射している白いヘルメットをかぶった警官たちが立っている。ロープの向こうは、アロハシャツとバーミユーダパンツを身につけた人々でごったがえしている。その光景を見て、エンジェルはフルーツジュースを思い浮かべた。そういえば喉が渇いているし、煙草を吸いたくてたまらない。まあいい。あとちょっとのがまんだ。

野次馬の中に自分の母親がいるのはわかっていた。息子の注意を引こうとして、『デイリー・ニューズ』紙を振りながら飛び跳ねているのもわかっていた。そこで、エンジェルは野次馬を一瞥したあとはまっすぐ前を向き、霊柩車を見つめていた。こんな人だかりの前に出て、ただでさえ緊張気味なのに、母親が飛び跳ねる姿まで見てしまったらやっていられない。息子が夫よりはるかに出世したからと、母親は鼻高々なのだ。父親は死ぬまでワシントン・ハイツの店頭ノミ屋兼胴元に過ぎなかったのだから。だが、母親の口からほめ言葉を聞くのはあとまわしでいい。

エンジェルと担ぎ手たちが歩道を横切ると、霊柩車のかたわらに葬儀屋が立っていた。すっかり日焼けして、全身にブロンズ色のペンキを塗られたようだった。近くで見ると、ペンキだと思った物はドラッグストアで売っている日焼けしたように見せるクリームだった。葬儀屋はクリームをむらなく塗らなかったらしく、間近で見た顔はまだらでしみだらけ、茶色の濃淡で描かれたヨーロッパの地図に似ていた。

　葬儀屋はことさらにほほえんでいて、口が裂けやしないかとエンジェルはひやひやした。葬儀屋はさかんに身ぶりで霊柩車を示し、みなさんでチャイナタウンをドライブしてくださいと言わんばかりだが、だれも乗らなかった。車内から紫色のフェルトに覆われた油圧式の台がぱっと現れ、そこに棺がのせられた。続いて運転手がダッシュボードのボタンを押すと、台はぱっと車内に戻り、葬儀屋と助手のひとりが扉を閉めた。「順調にいってますね」葬儀屋がニック・ロヴィートに言った。

　だが、ニック・ロヴィートは見送りの最中には押し黙っていた。見送りは恐ろしく厳粛な行事なのだ。葬儀屋はニック・ロヴィートににらみつけられ、今後は口をつぐんでいることにしたようだ。

　ニック・ロヴィートの合図で、彼とほかの担ぎ手はいったん脇に寄った。霊柩車が縁石沿いにあけられた専用スペースを進み、そのうしろに弔花を乗せる車が続いた。計三台だった。先導役たちが教会から弔花を運び出し、ものの数分で三台とも花でいっぱいになると、会葬者用の車がやってきた。

　会葬者用の車を用意するのはニック・ロヴィートの思いつきだった。どれも黒いキャディラックのコンバーティブルで、幌《ほろ》は下ろしてある。「今回はいま風の見送りになる」ニック・ロヴィートは会合でそう言っていた。「豪勢なだけじゃなく、いま風の見送りだ」組員が「新時代を表そうってんですね、ニック？」と訊くと、ニック・ロヴィートは「ああ」と答えた。

会葬者が二手に分かれて教会の石段を降りてきた。先頭はチャーリーの未亡人とアーチー・フライホーファーだ。組織が手がける商売のうち、アーチーは売春を仕切っている。チャーリーは保険金のたぐいを残さなかったし、夫が仕事以外の理由で死んだ場合は組織から未亡人に年金がおりないし、彼女は今日のように飾り気のない黒の服を着ていてもブロンドの美人なので、独身時代のようにアーチーの下で働くことになっていた。それを思えば、アーチーがこの場で彼女に付き添うのは当然だった。

葬儀屋は車の割り振りを書いたメモ帳を読み上げた。「一号車、ミセス・ブロディ、ミスター・フライホーファー、ミスター・ロヴィート、ミスター・エンジェル」

まずニック・ロヴィート、次にチャーリーの未亡人、それからアーチーの順に後部座席に座った。エンジェルが助手席に座ると、そのコンバーティブルはするりと動いて弔花を乗せた車とのあいだを詰め、ほかの四人の担ぎ手は二台目に乗り込んだ。

それから十五分間、車列が進んでは止まり、進んでは止まりを繰り返すうちに、教会の前では何台ものコンバーティブルが次々と会葬者を詰め込んでいった。しめて三十四台。これまたニック・ロヴィートの思いつきだ。「車一台がチャーリーの人生一年一年を表すのさ」ニック・ロヴィートは会合の席で言っていた。だれかが「まさに詩ですねえ、ニック」と言うと、ニック・ロヴィートは「まあな」と答えた。

みんな黙りこくっていた。日なたでコンバーティブルの幌を下ろしていると暑いのだ。エンジェルはニック・ロヴィートが自分をにらみたがっているかどうかを確かめずに煙草を吸った。歩道の野次馬はニック・ロヴィートを指さしてわが子に教えている。「あれがニック・ロヴィートっていうギャングの大物だ」と彼らは話して聞かせた。「金をたんまり持ってて、美人をはべらせ、外国の酒を飲み、お偉いさんにもにらみが利く。あれは極悪人だ。大きくなったら、あんな風になるんじゃないぞ。ロヴィートはしゃれた車に乗ってるだろ?」

ニック・ロヴィートは前方を見すえていた。いつもは車中から子供たちに手を振り、ほほえみ、ウィンクするが、見送りは恐ろしく厳粛な行事なので、愛嬌を振りまけなかった。

ほどなくして、チャーリーの未亡人が泣き出した。「チャーリーは立派な人だった」彼女は涙ながらに言った。「あたしたち、一年五カ月幸せに暮らしたわ」

「そのとおりだよ、ハニー」アーチーが彼女の膝をそっと叩いた。

「遺体と対面できればよかったのに」未亡人は言い、小さなハンカチを目に当てた。「最後にひと目会いたかった。あの人のいい靴とフランス製の下着と〈ブルックス・ブラザーズ〉のワイシャツとイタリア製のネクタイと青い上等のスーツを葬儀場の人に渡して、おめかしさせてもらっても、だれもお別れを言えなかったなんて」

未亡人はますます悲嘆にくれていく。ニック・ロヴィートが彼女の膝を軽く叩きながら言った。「それでいいんだよ、ボビー。昔のまんまを覚えてるほうがな」

「そうでしょうか」

「そうにきまってる。あんた、チャーリーをめかしこんでやったんだろ? 青いスーツやらなんやらで。で、それはどの青いスーツだ？」

「主人の青いスーツは一着きりです」

「出張に着てったやつか」

「帰ってくるときは、いつもあれを着てました」それを思うと、未亡人はまた取り乱して泣き出した。

「しっかりするんだ」アーチーは今度はボビーの膝をぎゅっと握った。

ようやくすべての後続車が満員になり、車列は路上に出た。一行はベルト・パークウェイを通って南へ向かった。制限速度は時速五十マイルだが、教会での見送りがやや時間オーバーだったので、チャーリーは時速七十マイルで墓地へ運ばれた。

墓地はパードガット池のほとりにあり、日差しを浴びた新築の団地が日本製の真新しいぴかぴかのおもちゃの山みたいに光っている裏手だった。全員が車を降り、担ぎ手は棺を下ろして、地面に太いベルトが敷かれている場所へ運んだ。彼らが棺をベルトに載せると、司祭がラテン語から英語に切り替えて説教し、作業員がベルトにセットされた機械のボタンを押して、棺が墓穴に沈んでいき、すべてが終わった。芝生に立っていたエンジェルは、今日は絶好のゴルフ日和だと思っていた。いまごろ市営ゴルフ場は客でごったがえしてるだろうな、きっと（ゴルフは重役のスポーツだと母に言われ、興味を持った）。

車へ戻る途中、ニック・ロヴィートがエンジェルに近づき、声を落として言った。「やつが埋められた場所を覚えとけ」

エンジェルは周囲を見まわして墓の位置を覚え、それから訊いた。「なぜです？」

「今夜、おまえがやつを掘り返すためさ」

2

アロイシャス・ユージーン・エンジェルは、マンハッタン北部のワシントン・ハイツにある病院で生まれて二十九年四カ月と三日後、ニック・ロヴィートに墓荒らしを命じられた。これまでもいろいろな仕事をしてきたが、さすがに墓荒らしだけはしたことがなかった。

エンジェルはフレッド・P・エンジェルと妻フランシス（旧姓マロニー）のひとり息子だ。父親はセント・ニコラス・アヴェニューで小さな店を経営していた。表向きは煙草と雑誌を売っていたが、奥の部屋では年中ポーカーが行われ、別の部屋では二台の電話が競馬の賭けを受け付けていた。父親は組織に固定給で雇われていたうえ、店の上がりも懐に入ったが、そちらはたかが知れていた。母親はエンジェルが生まれる前から百八十一丁目の美容院〈パリ・スタイル・ビューティショップ〉で働き、やがて貴重なベテラン美容師になった。自分の店を持つのが長年の夢だったが、夫には競馬で勝とうとする情けない癖があった。ノミ屋という職業柄、競馬では勝てないとわかっていたにもかかわらず。しかし、希望とはつねに湧き上がるもの。エンジェルが育った家では年がら年中ぎりぎりの暮らしを続けていた。

いさかいも絶えなかった。金銭トラブルはおしどり夫婦にもいさかいを招くのに、エンジェルの両親はおしどり夫婦でなかった。そこで、ふたりはわめきあい——当時は父親もわめき、手を上げることもあった——母親か近所の女がよく警察を呼んでいた。とうとう組織の本部から使いが来て、組織のノミ屋が住むアパートメントにおまわりが出入りするのはみっともないと言われる始末だった。それを境に父親が言い返さなくなり、いさかいはおさまった。

なによりもその沈黙をきっかけにして、エンジェルは最終的に父親の肩を持ったのだろう。母親がわめきちらす言葉は本当のことばかりだと、父親が承知していたように、エンジェルも承知していたが、それはどうでもよかった。肝心なのは、完全無欠な人間はいないことだ。父親の欠点が次から次へと競馬ですってしまうことだとしても、その程度なら大目に見てやってもいいじゃないか。ハイスクールに入るころには、エンジェルは父親への思いやりと母親への無言の反抗心に満ち満ちていた。

そんなわけで、卒業後は出世するためにカレッジへ進めと母親に指図され、「ぐうたらな父さんみたいに一生のらくらするんじゃないよ」と言われると、それをきっぱりはねつけた。卒業証書を手にして父親のもとへ行き、こう言った。「父さん、おれをしかるべき人に紹介してよ。組織で働きたいんだ」

「母さんはおまえをカレッジにやりたがってるぞ」

「わかってる」

父子は互いに顔を見合わせ、互いに理解しあい、互いに涙を浮かべてほほえみあった。「いいだろう」と父親は言った。「明日、ダウンタウンにいるミスター・マイヤーシュートに電話してやる」

こうしてエンジェルは十七歳で組織の一員になった。ダウンタウンの外れのヴァリック・ストリートに事務所を構えるマイヤーシュートの使い走りを皮切りに、ありとあらゆる仕事を経験した。中肉中背で、粗暴な男ではないのに、ときどき用心棒にもなった。一度か二度は労働組合の役員も務め、しばらくはチャーリー・ブロディのように運び屋をし、といった具合に組織のあちらこちらで働いてきた。人より仕事を転々としているのは、若くて腰が据わらず、新しいものに目を向けてばかりいるせいだ。

いっぽう、母親がその事実に慣れるには四年ほどかかった。初めは息子に悪影響を与えたと夫を責め、くどくどと文句を言ったが、そのうち現実を受け入れ、息子が出世の機会を逃したのはあんたのせいだと言わなくなった。

ところが、いざ現実を受け入れると、母親はあらためてエンジェルに説教した。「名をあげるんだよ、アロイシャス」と言うのが口癖だ。「ぐうたらな父さんみたいになっちゃだめ。あの人は石頭で、あの小汚い店から三十四年間出て行かなかった。成功して、この世界で出世すること。おまえが組織で働きたいなら、とことん尽くしてごらん。人に先んじるんだ。ニック・ロヴィートだって、たたき上げじゃなかったかい？」

エンジェルはこの手の話をあまり気にしなかった。母親が言うような野心を持っていないからだ。母親はニック・ロヴィートがいかにたたき上げたかを知ったら怖気《おじけ》をふるっただろうが、エンジェルはそれを教えるような卑怯者ではなかった。大人になったいまでは小言を聞き流せるようになった。「そうだね、母さん」と答えることもあれば、なにも言わないこともあった。

コネリー襲撃事件が起こらなかったら、エンジェルは組織で長年その日暮らしを続けていたかもしれなかった。だがコネリー襲撃事件は起こり、エンジェルはちょうどいいときにちょうどいい場所にいて、母親が前々から口にしていた将来が棚ぼた式に転がり込んだ。母親の言うとおり、いまは差し出される幸運を受け取っていればいい。あとはしめたものだ。

その事件がエンジェルの出世をあと押ししたいきさつは、いささかこみいっていた。ニック・ロヴィートの右腕、コネリーは愛想のいい赤ら顔の大男だった。ニックの長年の相棒であり、ずっと補佐役を務めてきた。しかし、どんなはずみか、コネリーは突然大それた望みを抱いた。マイアミの中央幹部会を無視して、ニックとの長年の友情を踏みにじり、リスクも、成功がおぼつかないことも眼中になく、ニックを始末して組織を乗っ取ろうと決めたのだ。

単独犯行ではなかった。組織の中堅幹部の中には、ニックよりコネリーに忠義を尽くす者たちがいた。コネリーは無血革命をもくろみ、彼らをひとりずつ味方に引き入れたのだった。その中には、エンジェルの父親の上役マイヤーシュートもいた。フレッド・エンジェルを気に入っていたマイヤーシュートは、これから起きることを耳打ちしてやった。「いいか、やばいほうにつくなよ、フレッド」と彼は言った。

エンジェルの父親がこの話をすかさず妻に教えると、彼女はやはりすかさず言った。「どういうことかわかってるの、フレッド・エンジェル？　これは息子が出世するチャンスなんだからね。高い地位、贅沢な暮らし、あんたの手に入らなかったものをつかめるのよ」

当のエンジェルはまだこの話をちっとも知らなかった。そのころには家を出て、グリニッジ・ヴィレッジのカーマイン・ストリートにあるアパートメントで暮らしていたからだ。原因は女たちだった。これまでは同棲しようと女を家に連れ帰っても、まず母親に紹介しなくてはならず、きまって話にけちがついた。いまでは自分の城があるので、首尾よくことが運んでいる。

いっぽうアップタウンではエンジェルの父親が、肩の凝る小説のテーマである、せめぎあう忠誠心に頭を悩ませていた。彼はマイヤーシュートに習慣という忠誠心を抱き、ニック・ロヴィートには畏怖という忠誠心を抱き、息子には血のつながりという忠誠心を抱いていたのだ。

結局、ニック・ロヴィートと、血の絆ときいきい声を出す妻の組み合わせがものを言った。フレッド・エンジェルは息子を一家のアパートメントに呼んだ。「アル」と彼は切り出した。エンジェルをアロイシャスと呼ぶのは母親しかいない。「アル、これは大事な話だ。コネリーが組織を乗っ取ろうとしている。だれのことだかわかるか？　コネリーを知ってるか？」

「顔見知りだけど」エンジェルは言った。「どういう意味だい、乗っ取るって？」

「乗っ取りとは」父親は説明した。「たとえば乗っ取りのことだ」

「ニック・ロヴィートを追い出すっていうの？」

「そうだ」

「本当に？　つまり、本当に本当かい？」

父親はうなずいた。「絶対確実な筋からの情報だ」と彼は言った。「だが問題は、おれの口からニックに知らせれば、絶対確実な筋との関係がこじれるってことさ。わかるな？」

「だから？　どうしてさ？」

父親は二番目の質問を聞き流して一番目の質問に答えた。「だから、おまえがニックに教えるんだ。ふたりで会える手はずを整えてやる。この話はニック以外のだれにも言うんじゃないぞ。ほかにだれがコネリーの計画に加担してるか、わからないんだ」

「おれがニックに教える？　どうしておれが？」

「ほかにはだれもいないからだ。それに」父親は言った。「そうすれば、おまえは組織でうんと出世できる」この言葉には母親の声が乗り移っていそうだった。

「そうかな……」

「アル、おれがまちがった指図をしたことがあるか？」

エンジェルは首を振った。「いいや、ないよ」

「今回だって、するものか」

「だけど、ニックが証拠を欲しがったらどうなる？　ほら、あの人はおれのことなんか知らないけどさ、コネリーのほうは右腕なんだから」

「コネリーはずっと組織の年金基金を使い込んでた」父親はエンジェルに言った。「ニックの名義で秘密口座に金を振り込んできたんだよ。幹部会にはそう釈明するはずだ。おれが聞いた一部始終を教えてやるから、もしニックが証拠を欲しがったら、これから聞かせる話をしてやれ」

まさしくそういう展開になった。策略と粘り、悪知恵、脅しを駆使して、エンジェルの父親はニック・ロヴィートにもだれにも会見の目的を教えず、息子とニック・ロヴィートの会見をお膳立てしてのけた。エンジェルはニック・ロヴィートと彼のボディガードの三人だけになると、父親から聞いた話をなにもかも伝えた。情報源だけは明かさなかったし、明かす気もなかったが。

初めのうち、ニック・ロヴィートはこの話を信じようとしなかった。それどころか無性に腹を立て、旧友のコネリーをあしざまに言ったからと、エンジェルの胸ぐらをつかんで揺さぶった。エンジェルのほうが五インチほど背が高く、三十ポンドよけいに肉がついているので、ニックは背伸びするしかなかったが、相手が身を守るようなばかではないので格好がついた。エンジェルは揺さぶられても言い分を変えなかった。それが事実だからというだけでなく、ほかにどうしようもなかったからだ。しばらくするとニック・ロヴィートもけげんに思うようになり、さらにしばらくするとコネリーのもとに使いをやった。「とっとと来やがれ、とやつに伝えろ」

二十分後、コネリーが現れたころにはエンジェルのワイシャツは汗でぐっしょり濡れていた。ニック・ロヴィートはエンジェルに言った。「さっきの話をコネリーにも聞かせてやれ」

エンジェルは目をぱちくりさせた。咳払いをした。足を引きずって歩いた。それから、さっきの話を繰り返した。

話が終わると、ニック・ロヴィートは言った。「この小僧の話は裏を取っちゃいねえが、やろうと思えばできる。その必要はあるか？」

コネリーは顔を真っ赤にして「ギャー！」と声をあげ、エンジェルをばらばらにしてやろうと両手を突き出して突進した。

ニック・ロヴィートが机の引き出しから銃を出し、エンジェルにひょいと放り投げた。エンジェルは銃を握ったのも生まれて初めてだったが、コネリーとその両手がぐんぐん迫り、迷っているひまはなかった。目をつぶって引き金を五回引いた。目をあけると、コネリーが床に倒れていた。

ニック・ロヴィートがエンジェルに言った。「おまえはおれの右腕だ、小僧。これからはおまえがおれの右腕だぞ。この仕事には特典もいろいろある」

「おれ」エンジェルは言った。「吐きそうです」

どちらの言葉も現実になった。エンジェルは吐き、ニック・ロヴィートの気まぐれでたちまちコネリーに取って代わり、ニックの右腕になった。いまから四年前のことだ。その一年後、エンジェルの父親は胆石の合併症で死んだ。この四年間、エンジェルはニックの右腕、いわば個人秘書のようなものであり、それにともなう数々の特典を手に入れた。大金とクローゼットいっぱいの新しいスーツ、以前の相手よりはるかに格上の女たち、ツケで楽しむ高級レストラン、母親の褒め言葉（いまや息子の援助で美容院を経営している）、〈プレイボーイ・クラブ〉の鍵、下っ端組員からの無条件の服従……。

……そして、夜中に墓地で死体を掘り出す仕事。

3

まちがいなくその日はゴルフ日和だった。ところが、葬式が終わったとたんに会合が開かれた。組員たちは揃ってテーブルを囲み、墓地で突然この会合を招集したニック・ロヴィートの様子をうかがっていた。エンジェル以外はだれも会合の目的を知らず、その彼も詳しい点までは知らなかった。ひとつには今日の午後はゴルフができそうもないことと、ふたつには自分がにわか死体泥棒になることを別にすれば。

アーチーが使っている女が灰皿を運んできて、テーブルのあちらこちらに置いた。ニック・ロヴィートは女をにらみつけた。「灰皿はとっくに出てるはずじゃねえか。メモ用紙、鉛筆、グラス、水を入れたピッチャー、灰皿は、おれたちが来る前に用意しとけ」

「ぎりぎりまでなんにも聞かされてなかったから」と女は言ったが、ニック・ロヴィートに「黙れ」と言われて口を閉じた。

ほかの物はもうテーブルに置いてあった。小さなメモ用紙と削ってある長い黄色の鉛筆、厚底のグラス、どれも冷水がなみなみと注がれた大きなピッチャー。灰皿を配り終えると、女は部屋を出てドアを閉めた。

ニック・ロヴィートは葉巻に火をつけた。これには延々と時間がかかる。まず包装を解き、アルミチューブをポケットに戻す。彼の子供がチューブにマッチの先をつけてロケットを作るのだ。次に葉巻を口ひげのように鼻の下に当てて匂いをかぎ、一瞬しごく満足そうな顔をした。それから全体をまんべんなくなめてよく濡らし、端を嚙み切って絨毯にくずをぺっと吐き出した。ニック・ロヴィートが心持ち身を乗り出すと、しゅぼーっと音を立ててライターが差し出され、彼は葉巻に火をつけた。ライターは液体燃料を詰めたものではなく、ガスライターでないといけない。液体燃料ライターで葉巻に火をつけると、ニック・ロヴィートには液体燃料の味がわかる。だからどの組員も、煙草を吸う吸わないに関わらずガスライターを持ち歩いていた。いつ役に立つかわからないからだ。

ニック・ロヴィートは口から葉巻を外した。先端で薄いグレーの灰から煙が立ちのぼる向こうで、真っ赤な火が燃えている。なんとも贅沢だ。葉巻の煙を眺めているニック・ロヴィートを組員たちは眺めた。エンジェルのほかにも、棺の担ぎ手がふたり、先導役を務めた者も三人来ていた。ほかの会葬者は帰宅したか仕事に出た。ただし、未亡人はアーチーと一緒に出かけていた。

「おれとしたことが」ニック・ロヴィートは煙に話しかけた。「おれとしたことが、あとまわしにしたのがまちがいだった。だが、ひそかに考えた。礼儀をわきまえなきゃならん、見送りが終わりしだい、チャーリーの家からあれを取ってこさせようってな。想定外だったのは、あのばか女が思ったような新米後家じゃないことだ。あれは想定外だった」

テーブルから声があがった。「ニック、なにごとです?」

ニック・ロヴィートは男をにらみつけ、質問には答えなかった。そしてエンジェルを見て言った。「今夜中だ、エンジェル。適当な時間にやつを掘り出せ。いいな?」

エンジェルはうなずいた。だれかが「掘り出す? てことは、チャーリーを? 掘り出すんで?」と訊くと、ニック・ロヴィートは「そうだ」と答えた。

また別のだれかが言った。「どういうわけで?」

ニック・ロヴィートはうんざりした顔で答えた。「やつのスーツだよ。チャーリーの青いスーツ、そういうわけさ。あれを取って来い、エンジェル。あの低能女はチャーリーに例の青いスーツを着せて埋めちまったんだよ」

一瞬、エンジェルはなんの話かわからなかった。考えていたこととは逆方向へ話が進んでいる。

「死体はいらないんですか?」

「死体になんの用がある? ばか言え」

別のだれかが訊いた。「その青いスーツのどこがそんなにいいんです、ニック?」

ニック・ロヴィートは言った。「教えてやりな、フレッド」

また別のだれか——このフレッド・ハーウェルも棺の担ぎ手で、チャーリーの直接の上役だった——が言った。「なんてこった。ニック、あんたが言ってるのは例の青いスーツのことか?」

ニック・ロヴィートはうなずいた。「それだ。こいつらに話してやれ」

「なんてこった」とフレッド。だが、それ以上なにも言わない。呆然としている。

そこでニック・ロヴィートがじきじきに事情を説明した。「チャーリーは出張屋だった。ここにいるフレッドに使われてたんだ。ボルティモアへ出かけちゃ、ニューヨークへ戻ってくる。電車を使ったから、予約する必要もない。そうだな、フレッド?」

「なんてこった」とフレッド。「あの青いスーツか」

「それだ」ニック・ロヴィートは葉巻を吹かし、目の前の灰皿で薄いグレーの灰をとんとんと落とした。「チャーリーはブツの運び屋だった。ボルティモアまでは金を運び、こっちに戻るときは混ぜ物なしのヘロインを持ち帰るって寸法だ。これでわかったか?」

テーブルからまた声があがった。「ブツをスーツに入れて? 服の中に?」

「行きは裏地に現ナマを縫い込む。帰りはブツだ。この三年、あのスーツは週に一、二度切り裂かれちゃ、また元どおりに縫い合わされた。あそこまでボロだと縫い目が目立たないからな。そうだな、フレッド?」

「なんてこった」フレッドは言った。「まさかそうとは」

「チャーリーがくたばったのは、ちょうどボルティモアから戻ったときだった」ニック・ロヴィートが続けた。「ブツを届けるにはまだ二時間あったんで、家に戻ってコーヒーをいれた。そこから先は知ってのとおりだ。そうだな、フレッド?」

「忘れてた」フレッドは言った。「ついうっかり忘れてた」

「二十五万ドル相当のヘロインをうっかり忘れるのかよ、フレッド。たしかに、おまえはけろりと忘れてた。今度、その件を話し合わなきゃならないな」

「ニック、なにがなんだかさっぱりわからない。ほんとだよ。ここんとこ、考えることが多すぎてさ。今度の通学区の区分変更を考えると、頭が変になりそうだった。いきなり雇いのガキどもがどいつもこいつも同じ学校になって、お得意さんはみんなはるかセントラルパークの向こう側へ行っちまってさ。おまけに、客がシンナーに乗り換えるって噂も広まって——」

「その件はまた今度話そう、フレッド。いま大事なのは、あのスーツを取り返すことだ。エンジェル？」

エンジェルは身構えた。

「わかったな、エンジェル？　今夜やつを掘り出して、あのスーツを取ってこい」

エンジェルはうなずいた。「わかりました」

ほかの組員が「死体泥棒のバークとヘアってとこですね、ニック」と言うと、ニック・ロヴィートは「まあな」と答えた。

エンジェルが言った。「ああ、そういえば。この仕事をおれひとりでやるんですか、ニック？　墓を掘るのは大仕事ですよ。手助けがいります」

「じゃ、ひとり連れてけ」

だれかが言った。「そうだ！　いい考えがありますよ、ニック」

ニック・ロヴィートは彼に目をやった。にらみつけず、無表情で続きを待っている。

「あいつにしましょう。ウィリー・メンチック。ジオノを売った野郎です」

ニック・ロヴィートはうなずいた。「覚えてる」

「ついおととい、おれたちはやつを始末しようとしたんです。金曜の晩、やつがボウリング大会に出たとき、ニュージャージーまで出かけて罠を仕掛けたわけで。ぴんと来たんですよ。ボウリングのボウルは昔の爆弾そっくりじゃないかって。わかります？　おれは――」

「メンチックを消すことになってた」ニック・ロヴィートはその男に思い出させた。「ボウリング場をまるごと消すんじゃなくてな」

「はあ、だから今回の計画のほうがよくできてます。一石二鳥ですよ。ウィリーがエンジェルについていって、ね、墓掘りを手伝う。そのあとエンジェルがやつを始末して、チャーリーと一緒に棺桶に入れ、また隠してくれれば、もう見つかりゃしない。墓の中までウィリーを探すやつはいませんって」

　ニック・ロヴィートはにやりとした。めったに笑わない男の笑顔は一同を喜ばせた。「そいつはしゃれてる」と彼は言った。「その感じが気に入った」

だれかが「詩的なユーモアってやつですね、ニック」と言うと、ニック・ロヴィートは「ああ」と答えた。

　別のだれかがエンジェルに言った。「チャーリーもこの計画が気に入るだろうよ、エンジェル。退屈しのぎをする相手ができるんだ」

　また別のだれかが「棺にトランプを入れてやれ」と笑いながら言うと、エンジェルとニック・ロヴィート以外の者も笑い出した。ニック・ロヴィートはにやりとした。彼にしてみれば、笑っているようなものだ。エンジェルはむっつりしていた。むっとしたので、むっつりしたのだ。

だれかが言った。「ふたりでハネムーン・ブリッジができるぞ！」またどっと笑い声があがり、ニック・ロヴィートでさえ忍び笑いをもらしたが、エンジェルはあいかわらずむっつりしていた。

ニック・ロヴィートが訊いた。「どうした、エンジェル？　どうしたってんだ？」

「墓を掘り返すのが」エンジェルは首を振った。「そのこと自体、いやなんです」

「なんだ、おまえは迷信深いのか？　あそこはカトリックの墓地だから、悪霊は出やしないだろうに」またしても笑い声があがり、ニック・ロヴィートは悦に入った。

エンジェルは言った。「そういうことじゃなくて。仕事の問題です。こいつは力仕事ですよ、ニック」

エンジェルの言いたいことがわかり、ニック・ロヴィートはたちまち真顔に戻った。「いいか、小僧」彼は切り出した。「なあ、地面に穴を掘らせるだけなら、そのへんのチンピラを雇うさ。だが、今回はふつうじゃない、わかるな。身内で、信用できる、墓を暴いても心臓発作を起こさない、若くてたくましいやつが必要なんだ。ここまではいいか？　おまえはおれの右腕だ、エンジェル。わかってるな、おれの腹心だぞ。おまえが墓場で土を掘ってるときは、おれも掘ってるようなもんだ」

エンジェルはうなずいた。「わかってます」彼は言った。「お気持ちはありがたいです。これはあくまでも建前の問題で」

「なるほどな」ニック・ロヴィートは言った。「まあ、心配するな。スーツを持って帰りゃ、そこにボーナスが入ってるんだ」

「それはどうも、ニック」

「ウィリーを消す手間賃も込みだ」だれかが言った。「忘れるなよ、エンジェル」

ウィリーか。それは別問題だ。まだそこまで考えていなかった。コネリー事件で殺すか殺されるかの騒ぎに巻き込まれたことを除けば、エンジェルは人を殺した経験がなかった。ニック・ロヴィートを初めとした組員は、それをきれいに忘れていた。このおれが、人を消すことなんかできるだろうか。血も涙もなく、あっさりと。

かといって、最初にウィリーを消す案が出たときに口を出さなかったし、ニック・ロヴィートがご機嫌な顔をしているので、この仕事から逃げるのはもってのほかだ。エンジェルはしぶしぶ言った。「ああ、ウィリーのことも承知しました。どこで銃を受け取れますか?」

ニック・ロヴィートは首を振った。「ハジキは使うな」と彼は言った。「おまえが墓を掘るとき上着を脱いだら、やつがハジキを見てビクつくだろうが。だいいち、夜中に墓場でばかでかい銃声をさせてみろ、聞きつけられて、墓をもとどおりにする時間がなくなる」

だれかが言った。「おいおい、エンジェル、シャベルがあるだろ」

「やつをシャベルで殴るんですか?」

「好きにしろ、小僧。ただし、ハジキは使うな。それだけだ」

エンジェルは首を振った。「なんて仕事だ。いっそ堅気になったほうがいい。夜中まで墓を掘ったうえに、人の頭をシャベルでぶん殴るのか。これなら更正したほうがまだましだ」

ニック・ロヴィートが言った。「そんな口をきくな、エンジェル。仕事にはこういうささいな問題がつきものなんだ。ふだんはいい暮らしをしてるだろうが」

「はい、たぶん。そうですね、ニック。文句は言えません」

「いいってことよ、小僧。ショックを受けたな、無理もねえ」

そのときエンジェルは別のことを思いついた。「それとは別の話なんですが」

だが、ニック・ロヴィートが言葉をさえぎった。「ちょっと待て。ウィリーのことだが。やつを知ってるか?」

エンジェルはうなずいた。「そこらで見かける顔です。トラック運転手ですね。ときどきカナダへブツを運んでる」

「そいつだ。じゃ、おまえひとりでやつを墓掘りに誘い出せるな?」

エンジェルはうなずいた。

「で、別のこととは?」

「スーツの件ですよ。スーツは上下とも必要なのか、上着だけか?　つまり、ブツはどこに縫い込まれてるんです?」

ニック・ロヴィートがフレッドを見ると、フレッドが答えた。「上着の中だけだ。裏地に縫い込まれてるんだよ」

「助かった」とエンジェル。「なんとなく、やつのズボンを脱がせたくないもんで」

ニック・ロヴィートはエンジェルの肩を叩いた。「そりゃそうだ!　考えてもみろよ。悪趣味な仕事になっちまう。そんなのをやらせっこねえだろ」

4

まるでエンジェルの苦労が足りないとばかりに、ケニーはマニュアル車を用意した。「勘弁してくれよ、ケニー」エンジェルは言った。「この代物はなんていう名前だ？」

「シヴォレーさ」とケニー。「ご注文どおりの。二、三年前のシヴォレー。色は黒。ナンバープレートに泥はね。ブルックリンの町並みに溶け込む、すすけた目立たない外見。スピードと加速力は問わず。トランクにシャベル二本とバール一本と毛布を入れておく」

「だけど、こいつはエンストしてばかりいる」エンジェルはケニーに言った。「エンジンをかけるといきなり飛び出して、それから止まるんだ」

「ほう？」ケニーが近づき、運転席の窓から車内を覗き込んだ。「ああ、あんたはクラッチに足をかけてないからいけないのさ」

「おれのなに？　なんだって？」

「それだよ、左足のそばにある」

「この車、まさかマニュアル車なのか？」

「条件に合うのはこいつだけだったから」ケニーは言った。「なんなら、白のコンバーティブルかパウダーブルーのリムジン、赤のメルセデス一九〇ＳＬ――」

「目立たない車が欲しいんだ！」

「げんに乗ってるじゃないか」

「マニュアル車に乗ったのは何年ぶりだと思う？」

「じゃ、パールグレイのロールスロイス、ピンクとブルーとターコイズブルーのリンカーン・コンチネンタル、金色と青緑のアルファロメオ――」

「わかったよ、もういい。もういいって」

「なんでもお望みのままだよ、エンジェル。ここにある車なら」ケニーは大きな身ぶりで車庫全体を示した。

「これを借りていく。まあいい、とにかく借りていくさ」

こうして、エンジェルは赤信号のたびにエンストを起こしてブルックリンまで車を走らせた。もう何年も、左足は車内でラジオの音楽に合わせて拍子《ひょうし》を取るくらいの役目しか果たしていなかったのだ。

トラブル続きの運転は、その日の午後の展開にそっくりだった。たとえば会合からカーマイン・ストリートの自宅に戻ったと思ったら電話が鳴り、エンジェルはよく考えもせずに受話器を取るというへまをした。ニック・ロヴィートがこの仕事は中止だと知らせてきたような気がしたのだが、そんなはずがなかった。もしもしと言うなり、相手の見当はついた。

大当たり。「立派だったねえ、アロイシャス」母親が言った。「おまえがあのお偉方と一緒に教会の階段を降りてくるとこを見て、あたしは自分に言い聞かせてたんだよ。〝フランシス、信じられる？　あそこにいるのはあんたの息子だよ。あんなに背が高くて、男前で、お偉方と並んでる〟って。ほんとに涙が出ちゃったよ、アロイシャス。あんまり泣くもんだから、死んだ人の親戚だと思われちゃって。〝いいえ、これは嬉し涙です。あそこで棺を担いでるのはうちの息子ですから〟って言ったら、変な顔されてさ。他人にはどう思われるかわかりゃしないね」

「あー」

「あたしが見えた？　スカーフ振ったんだよ。万博で買ったやつ。見えた？」

「ええと、あのときは考えごとをしてたから。なんにも気がつかなくて」

「あら。ま、いいわ」母親はあまり傷ついていないという口ぶりだ。「とにかく」母親はうきうきして言った。「おまえが食べたこともないおいしい夕食を作れるよう、早めに帰ったんだよ。お礼はいらないからね。当然のご褒美だもの。これは母親にできる、せめてもの……」

「あー」

「なんなの？　来ないとは言わせないよ。手遅れだからね。全部用意しちゃったもの。もうオーブンに入ってる。特製のミンスパイも」

「仕事があるんだ」エンジェルは言った。どのみちそう答えただろうが、あいにく今回はたまたま事実なのだ。「今夜ニック・ロヴィートに頼まれたことがあってね」

「あら」母親は言った。今度はひどく傷ついているという声で。「仕事は仕事だもんね」いかにも疑わしげな口調だ。

「しかたないんだよ」エンジェルは言った。

しかも本当のことじゃないか！　午前零時をまわったいま、ブルックリンへ車を走らせながら、エンジェルはそんな事情をつくづく考えてくやしくなった。これが幹部の仕事かよ！　夜中に墓を掘り返して、シャベルで人の頭をぶん殴って、マニュアル車を運転するのが。苦虫を嚙み潰したような顔でハンドルを握り、しょっちゅうギアの切り替えを忘れ、ブルックリンでは二度道に迷った。

エンジェルは母親と話したあとでウィリー・メンチックと連絡をとっていた。ユーティカ・アヴェニューにある〈ラルフの店〉というパブの外で午前一時に落ち合う約束だったが、マニュアル車の運転に手こずったり道に迷ったりして、着いたのは一時二十分すぎだった。

パブの前の縁石に沿って車をとめると、壁からひとつの影がはがれ、前につんのめり、左にぐらりと傾いた。そして助手席側の開いた窓にウィリーが面長の顔を突っ込み、車内にウィスキー臭い息を充満させて言った。「遅刻だぞ。あんた、二十分の遅刻だ」

「ちょっと手間取ってね」今回エンジェルはギアをニュートラルにするのを忘れなかった。念のため、左足はクラッチを踏みつけている。「乗れよ」彼は言った。「片づけちまおうぜ」

「あいよ」ウィリーはすっと背中を伸ばしたが、その前に頭を窓から引っ込めなかった。鈍い音、それに続いてため息が漏れ、ウィリーの姿が視界から消えた。

「ウィリー！」うんともすんとも返事がない。「酔っ払いめ」とエンジェルは言い、うなずいた。またよりにもよって。

エンジェルは車を降りて助手席側へまわり、ドアをあけ、ウィリーをつまみあげて助手席へ放り込むと、ドアを閉め、運転席へ戻り、ニュートラルで車を出そうとした。モーターがうなりをあげたが、車は動かない。悪態をつき、クラッチを踏まずにギアをローに入れようとした。うまくいったものの、車はすさまじい音をたて、急発進してからエンストした。ウィリーは助手席から転がり落ちて、あちこちに頭をぶつけ、ダッシュボードの下の床でのびていた。

エンジェルはむっとしてウィリーを見た。「ちょっと待てよ」彼はなじった。「まず土掘りを手伝うんだぞ。わかったか？　あとでおまえの気がすむまで頭を殴ってやるけど、まずは土堀りを手伝えよ。いいな？」

ウィリーは失神《アウト》していて答えない。車も動い《アウ》た《ト》。エンジェルは左足の役目を頭に叩き込み、そこから走り去った。

補修中の道路を迂回し、目を疑うばかりにひどい裏道を通り、やっとのことで墓地に着き、門の脇に立つ木の下の真っ暗闇に駐車した。ウィリーはすでに落ちるところまで落ちたので、床に放ってあった。エンジェルは室内灯をつけ、ウィリーの腹を小突いて起こし始めた。「ウィリー！　おい！　墓地に着いたぞ！」

ウィリーは顔をゆがめてうなり声をあげ、もぞもぞした。「なんだって？」

「墓地に着いた。行くぞ」

「どこだって？」ウィリーはぎくっとして体を起こし、ダッシュボードに頭をぶつけてまたぞろ気を失った。

「大学に行きゃよかった」エンジェルはぼやいた。「おふくろの望みどおりに。堅気になって、艱難辛苦《かんなんしんく》に耐えたほうがましだったよ。いまのおれは金と名誉を手に入れ、町で一目置かれ、〈キーンの店〉に名前入りのパイプも置いてるが、こんなことをする価値はあるのか？　床にのびてるこのマゾ野郎と関わり合いになる甲斐があるのかよ？　墓を掘り起こしてシャベルで人の頭を殴り、マニュアル車を運転し、ブルックリンで四十回道に迷い、夜中にウィリー・メンチックみたいな間抜けとつきあうくらいなら、牛乳配達になったほうがましだった」

なおも愚痴をこぼしながら、エンジェルはドアをあけて外へ出た。「牛乳配達になりゃよかった。やつらには組合があるからな」だがそのくせ、「あああーあ」とむしゃくしゃした声を出したのは、これはする価値があるとわかっていたからだ。これまで、ニック・ロヴィートの右腕業は簡単かつ快適な仕事だった。電話をかけ、スケジュール表をつけ、ちょっとした決定事項を処理する。広告代理店の社長の息子みたいなものだ。

そうさ。ところが四年たったいまでは、広告代理店の社長の息子でありながら、たまには墓を掘り、人の頭をぶん殴り、マニュアル車でブルックリンを走ることもあるとわかってきた。少しのあいだ、恐ろしく屈辱的な仕事になりそうだ。非衛生的ですらある。

そんなことを考えながら、エンジェルが車をまわってドアをあけると、ウィリーが地面に落ちて岩で頭を打った。エンジェルは言った。「いいかげんにしろよ。その調子で頭をぶつけてたら免疫ができちまう。こっちにはシャベルしかないんだぞ」

ウィリーがうなり声をあげて転がり、転がった拍子に頭が車の下に入った。エンジェルはそれからどうなるか見当がつき、ウィリーの足首をつかむと、彼が頭を持ち上げたとたんに引っ張り出した。今度ばかりはウィリーも頭をぶつけずに体を起こし、顔をしかめた。「なあ、頭がいてえよ」

「酔っ払ってるのさ。それがいけないんだ」

「で、あんたは？　酔ってねえのか？」

「酔ってないに決まってる。おれが酔ったりするもんか」それは言い過ぎだが、ウィリーに比べれば、酔い方もかわいいものだ。

「そこが気に食わねえんだ、エンジェル。そのえらくご立派な態度がよ」

「さあ、立て。ここは墓地だぞ」

しかし、ウィリーはその場に座り込んでいた。話はまだ終わっていなかった。「おれの知り合いじゃ、あんたくらいだ」とウィリーは言った。「夜中に出てって墓を掘り返せと言われても、酔っ払わねえのは。おおかた、対日戦勝記念日にも酔っ払わなかったんだろ。そういうやつだよな」

「おれみたいなやつは」とエンジェルは言った。「ニック・ロヴィートに墓を掘り返せと言われたら、地べたに座って文句を垂れたりしないんだよ」

「ゴマすり」

「なんだと？」

ウィリーは顔を上げ、月光を浴びて、けんかを売るように目を細くした。ふと、けんか腰の態度は消え、ぽかんとした顔になった。「おれ、なんて言った？」

「それはこっちのせりふだろう。だれに向かって口をきいてるつもりだ？」

「エンジェル、おれは酔ってる。あてにならねえ。悪いな、エンジェル。尻《ボトム》から謝る。心《ハート》から謝る。心の底《ボトム・オブ・マイ・ハート》から謝るよ」

「さあ、始めるぞ」

ウィリーはため息をついた。ウィスキー臭い息が立ちのぼった。「いっつもこうだ」彼は言った。「飲み出すと、見境なくぺらぺら喋っちまう。いつか口が災いしてえらい目に遭うからな」

「さっさとしろ、ウィリー。立て」

「おれが変なことをしないよう、気をつけててくれるだろ？」

「ああ」

エンジェルはウィリーを立たせてやった。ウィリーは車体の側面に寄りかかった。「あんたはおれの相棒だよ、ホント」

「ああ」エンジェルは車のドアをあけてグローブボックスから懐中電灯を取り出した。

「相棒だ」とウィリーは言った。「おれたちゃ端《はな》からずーっと相棒だった、な？　いいときも悪いときも、夏も冬も。懐かしの百八十四公立学校以来だ。そうだろ？　懐かしの百八十四公立学校を覚えてるか？」

「おれはそこに通ってない」

「ボケたこと抜かすな。あんたとおれは大の親友だったろ。切っても切れねえ仲じゃねえか！」

「どなるのはよせ。ほら、懐中電灯を持て」

エンジェルはウィリーに懐中電灯を渡したが、彼はそれを落とした。「拾うよ、エンジェル。ちゃんと拾う！」

「いいからそこに立ってろ！」エンジェルは懐中電灯を拾って自分で持った。そして車の後部へまわり、トランクをあけた。そこには軍用毛布にくるまれた道具が入っていた。「来いよ、ウィリー。こいつを運べ」

「ちょい待ち」

エンジェルがウィリーに懐中電灯を向けると、彼はマッチでも探すように体中を叩いていた。

エンジェルは言った。「今度はどうしたってんだ？　虫に刺されたか？」

「ビールだよ」とウィリー。「ビール持ってきたんだ」彼が怪しげな手つきで車のドアをあけると、また室内灯がついた。「ああ！」

「静かにしろ！」

「あった！　床に落っこちてたらしいや」

「こっちへ来いよ」

「いま行くって」

ウィリーが車のドアをばたんと閉め、よろよろと後部にまわり、エンジェルは懐中電灯の明かりを巻いた毛布に向けた。「こいつを運べ」

「了解しました」ウィリーは下手な敬礼をして、毛布を抱えた。「うへっ！　重い！」毛布に包まれた道具ががちゃがちゃと音をたてた。

「担ぐんだよ。肩にのせろ。それを——ほら——肩に——のせて——落とすなったら！」

エンジェルは道具と毛布を拾い、まとめて巻き直してウィリーの肩にのせた。「さあ、しっかり押さえてろ！」

「わかったよ、大将、わかった。まかせとけ、大将。がってんだ」

「よし、行くぞ」

エンジェルが車のトランクを閉め、ふたりは歩き出した。墓地の門をくぐり、砂利道をざくざくと歩いていく。エンジェルが懐中電灯を照らして先に立ち、ウィリーは肩で道具を鳴らしながら、おぼつかない足取りでついていった。ほどなくウィリーが《メリーランド、わがメリーランド》の曲に合わせて替え歌を歌い出した。「〝百八十四校、百八十四校、われらが母校。百八十四校、百八十四校、ブロンクスで——〟」

「黙れ！」

「なんせ、えらく陰気なとこだからさ」

「いいからちょっと黙ってろ」

「えらく陰気なとこだよ」ウィリーは鼻をすすり始めた。

エンジェルは道に迷っていた。懐中電灯で周囲を照らし、ある道を通ってまた別の道を通った。背後ではウィリーが足を引きずり鼻をすすり、ときにはぶつぶつ言っている。道具は毛布の中でくぐもった金属音を立て、ふたりの足は砂利を踏みしめ、あたり一面では青白い大理石の記念碑が月光を浴びてうずくまっていた。

しばらくしてエンジェルは言った。「わかったぞ。こっちだ」

「えらく陰気なとこだよ」ウィリーは言った。「カリフォルニアとちがってさ。カリフォルニアに行ったことあるか?」

「すぐそこにあるはずだ」

「おれはカリフォルニアに行ったことがない。そのうち行くけどな。〝カリーフォーニーア、さあ来たよ。振り出しに――〟」

「黙れったら!」

「へい、へい、ゴマすりさん」

「なんだと?」

「あんたがひとりでやかましくしてんだよ、このボケナス。おれは百八十四公立校のころからあんたの本性を見抜いてた。あんときもゴマすりだったし、いまもゴマすりで、この先も――」

エンジェルは振り向いた。「静かにしやがれ、ウィリー」

ウィリーは目を五、六回しばたたいた。「おれ、なんて言った?」

「しっかり聞けよ。おれはそう言ってるんだ」

「わかるだろ? 緊張してんだよ。ここにいると緊張して、胃酸加担になっちまって。胃酸過多だっけか」

「道具を下ろせ。ここだ」

ウィリーはぽかんとしてあたりを見まわした。「へえ、そうかい？」

「早く下ろせ」

「ああ、そうか」ウィリーがさっと脇へどくと、肩に担いだ道具ががしゃんと地面に落ちた。

エンジェルはうなずいた。「おみごと」彼は言った。「おまえと比べりゃ、あの車も魔法の絨毯だぜ。おまえと比べりゃな」

「えっ？」

「なんでもない。毛布を広げろ」

「なんのために？」

「土を載せるためさ」

「土？」

「これから掘る土だ！」

「毛布に土を？　汚れちまうじゃねえか！」

「これは防水シートだよ！　こいつを敷いとけば芝生に土が残らないし、穴を掘ってたことがばれないだろ」

「あーあ！　いやはや、そいつは名案だ！」

「シートを広げてくれないか？　頼むからシートを広げてくれ」

「毛布のことだな」

「いいから広げろ」

「了解、大将」

ウィリーは毛布の端をつかみ、ぐいっと引っ張って広げた。道具があちこちで派手な音をたてている。「おっとっと」

「心配するな。大丈夫だ。おれは気にもしないよ」

「あんたはいいやつだな、エンジェル。わかってるか？　ほんとの相棒だよ」

「ああ、そうさ」

エンジェルは懐中電灯で周囲を照らした。チャーリーの墓にはまだ芝生が張られていないので、茶色い長方形の輪郭がくっきりと現れている。おかげで仕事が楽になりそうだ。「懐中電灯を持ってるから、おまえが土を掘れ。じきに交代する」

「了解、大将」

「土は毛布の上に放れ。わかったか？　毛布の上だぞ」

「毛布の上に」

エンジェルは疑いの目を向けたが、ウィリーはシャベルで掘った一杯目の土を毛布の上に放り、二杯目と三杯目もそうした。エンジェルは数歩下がって墓石に腰かけ、ウィリーのために明かりをつけていた。

土掘りは予想よりはるかに時間がかかった。およそ二十分後、エンジェルが土を掘り、ウィリーは懐中電灯を持った。ウィリーは墓石に座り、ビールの瓶をあけて泣き出した。「哀れなだれかさんよ」彼は言った。「哀れな、哀れなだれかさん」

エンジェルは手を止めてウィリーを見た。「だれのことだ?」

「そこにいる男だよ。土の下に。だれかさんさ」

「チャーリー・ブロディだ」

「チャーリー・ブロディ? あのチャーリー・ブロディか? 昔なじみのチャーリー・ブロディが死んだのかよ?」

「三十分前に教えたじゃないか」

「なんてこった。チャーリー・ブロディのやつ。あいつに金を貸してたっけ?」

「知るもんか」

「いいや。おれに金を借りるやつはいない。この仕事でいくらもらえるんだ?」

「五十」

「五十か。チャーリー・ブロディのやつ。五十ドルとはな。おれはチャーリーのために教会で蠟燭を灯すよ。そうする。五十ドルか」

「光をこっちへ向けてくれないか。あさっての方向を照らしてどうするんだよ?」

「酒を飲んでたんだよ」

「そうかよ。ここを照らせ」

「〝オーーウウ、ゆうべジョー・ヒルの夢を見た。ぴんぴんしてるのは……〟」

「黙れ!」

「ああ、このゴマすりめ!」

エンジェルはもうウィリーにかまわず、土を掘り続けた。ウィリーはしばらく忍び笑いをしてから、しばらく泣き、《英国のろくでなし王》という長大な戯れ歌をぼそぼそと歌いきった。歌が終わると、エンジェルはウィリーにシャベルを返して懐中電灯を取ったので、ウィリーがしばらく土を掘った。

掘っているウィリーはまだおとなしい。《死人の箱にゃ十五人》（スティーヴンソン作の「宝島」で海賊たちが歌う歌）を歌い出したが、息が続かず、途中でやめた。エンジェルは煙草に火をつけた。墓石の脇に積まれた土の山がどんどん高くなっていく。あの土を全部ひとりで、だれの手も借りずに穴に戻さなくちゃならないのか。最悪だな。

ウィリーが言った。「おい！」

「なんだ？」

「当たったぞ！　宝の箱かなんかだ！」

「棺桶に当たったんじゃないのか？」

「あ、そうか。ほら、シャベルで引っかいちまった」

「そりゃまずいな」

「こいつはすこぶる上等の木だぞ。見ろよ。こんな上等の木を埋めたのはどこのどいつだ。そんなことをしたら腐っちまう」

エンジェルは近づいて墓穴を見下ろした。ウィリーは肩まで穴に埋まり、棺は土からちょっとだけ顔を出している。エンジェルは言った。「蓋から土をどけちまえよ。おれは、おまえがバールを放り出したところを見てくるから」

「まさか、おれが毛布に置きっ放しにしたって言うんじゃねえだろうな」

「だとしても、ちっとも驚かないね」

見まわすと、先ほど座っていた墓石の近くにバールがあった。エンジェルがそれを持ち帰ったとき、ウィリーは棺についた土をきれいにどけるところだった。エンジェルが言った。「ほら。そこに錠がふたつあるだろ。それを壊して棺桶をあけたら、スーツの上着を取ってこい」

ウィリーは息をのんだ。「なあ、急におっかなくなったよ」

「なにをびくびくしてる？　おまえ、迷信深いのか？」

「それそれ。言葉が出てこなくてさ」

「いいから錠を壊せ。シャベルはこっちによこせよ」

ウィリーはエンジェルにシャベルを渡し、しぶしぶバールで棺の錠を壊し始めた。エンジェルはシャベルを構え、ウィリーの頭を見ながら様子をうかがった。ウィリーは錠を壊すと、まごついた顔で立っていた。「どうやって蓋をあけるんだ？　おれは蓋の上に立ってんのに」

「縁に移れ」

「どの縁に？　縁には蓋がかぶさってんだぞ」

「やってられないな。こっちに上がってこい。地面に寝そべって、バールで蓋をこじあけるんだよ」

「そうか、そうか」

ウィリーを穴から出すには少し手間どった。ウィリーが何度も滑り落ちたため、手をつないだほうまで道連れにされそうになった。だがエンジェルは、やっとウィリーのズボンの尻をつかんで引きずり出した。縁に上がったウィリーは身をよじらせ、バールを穴へ伸ばして、棺の蓋にしっかり噛ませていった。エンジェルは片手にシャベル、もう片方の手に懐中電灯を持ち、穴の反対側に立っていた。

ウィリーが言った。「やった！　あくぞ、あいた――こっちを照らしてくれ、なんにも見えねえ」

エンジェルは懐中電灯で穴を照らした。棺の蓋がぱっくりあいている。だが、中は白いフラシ天の内張りだけだ。エンジェルは目をこらした。

棺はからっぽだ。

ウィリーが絶叫した。「ウーッ！　ウーッ！」彼は叫びながらよろよろと立ち上がった。「ウーッ！　ウーッ！」

ウィリーが逃げようとしている。この飲んだくれは逃げる気だ。エンジェルは懐中電灯を捨て、両手でシャベルを握り締めてやみくもに振りまわした。走っていくウィリーにあと二フィートのところで当てそこない、バランスを崩して墓穴に落ち、白いフラシ天に着地した。そのとき棺の蓋がばたんと閉まった。

5

ニックはいい顔をしないだろうな。エンジェルはニック・ロヴィートが住むタウンハウスの書斎で、インテリア・デザイナーの見立てた本が並んだ書棚という書棚に囲まれて座り、ニックがいい顔をするわけがないとつぶやいた。そもそも、朝の四時半に起こされていい顔をする人間はいないのに、ニックがこれから聞かされる話にいい顔をしたら驚きだ。

この一時間半はてんてこまいだった。なんとか棺を脱け出し、ウィリーを探して五分も時間を無駄にしたあと、焦る気持ちを抑えて土を丁寧に墓穴に戻し、地面をならし、掘り起こした痕跡を残さないようにした。ウィリーはまだ少し中身が残っていたビールの瓶も持たずに消えていた。エンジェルはそれをありがたく飲み干し、瓶を穴に捨てて土をかぶせた。墓がもとどおりになると、道具を毛布でくるみ、車に戻り、マンハッタンに戻った。ギアはもっぱらローのままで。

いま車は外の駐車禁止区域にとめてあり、エンジェルは書斎で待ち、ニックのボディガードのひとりが彼を起こしに行っている。エンジェルはいらいらと煙草を吸った。いまごろウィリーのやつはどこにいるんだろう。それより、チャーリー・ブロディはどこにいるんだ？

ドアが開き、ニック・ロヴィートが入ってきた。着ている黄色いシルクのガウンには、ポケットに薄緑のゴシック体でイニシャルが縫い取られている。ニック・ロヴィートが言った。「で、上着はどこだ？」

エンジェルは首を振った。「手に入れてません、ニック。なにもかもぶちこわしになって。ウィリーはまだ生きてるし、上着は手に入らなかったんです」

「こいつはエンジェルか？　顔を見せてみろ。おまえはおれの片腕で、頼れる補佐役で、おれがありったけのチャンスを与えて信頼しきってる男なのか？　こいつがエンジェルのわけがねえ。妙ちきりんな顔をした替え玉だろう。ふたつの仕事のうち、どっちもしてねえだと？」

「いなかったんです、ニック」

「いなかった、いなかった、だれがいなかったって？　なに言ってんだ、この能なし。どういうこった？」

「チャーリーですよ、ニック。チャーリーはそこにいなかったんです」

「どこにいなかったって？」

「棺桶の中に」

「この恩知らずめ、おまえはちがう棺桶を掘りけえしたのかよ？」

エンジェルは首を振った。「おれはちゃんと合ってる棺桶を掘りけえし――掘り返し――掘りけえしました。そこにチャーリーが入ってなかっただけで。だれも入ってませんでした」

ニック・ロヴィートはエンジェルに近づいてこう言った。「息を吐いてみろ」

「土掘りのあとで一杯やったけど、その前には飲んでません。誓ってもいい」

「じゃ、おれたちがからっぽの棺桶の前であの盛大な見送りをやったって言うのか？　三人の下院議員と八人の映画スターとニューヨーク市の住宅局長が週のなかばにわざわざ出向いたのは、からの棺桶に冥福を祈るためだったとでも？　よくもおれの前でそんな与太話ができるもんだな？」

「しかたないんです、ニック。本当のことだから。おれとウィリーが棺桶を掘り返して蓋をあけたら、なんにもなかったんですよ。ウィリーは泡を食って逃げ出すし、おれもぎょっとして、やつを逃がしちまいました。そのうえ、落ちたもんで」

「そのうえ、どうしたって？」

「落ちたんです。墓穴に」

「なんで出てきたりしたんだ？　言ってみな」

「なにがあったか伝えなきゃと思って」

「じゃ、なにがあったか言ってみろ」

「チャーリーは棺桶の中にいなかったし、やつのスーツもなかった。おまけにウィリーは逃げちまいました」

「それはあったことじゃなくて、なかったことじゃねえか。〝あったこと〟を言ってみろ」

「ていうと、チャーリーがどうなったか？」

「ああ、手始めにな」

エンジェルは途方に暮れて両手を広げた。「わからないよ、ニック。今日やつが埋葬されなかったなら、行方なんて見当もつかない」

「探し出せ」

「たとえばどこを?」

ニック・ロヴィートはさも無念そうに首を振った。「こんなに期待を裏切るやつは初めてだぞ、エンジェル」と彼は言った。「頼れる補佐役とは言えねえな」

エンジェルは眉を寄せて考えようとした。「たぶん」彼は言った。「葬儀屋に話を聞きに行ったほうがいいかと」

「葬祭業者だ。向こうはそう呼ばれたがる」

「葬祭業者ね。その男が最後にチャーリーの死体を見たはずです。行方を知ってるかもしれない」

「やつが死体を棺桶に入れなかったとしたら、ほかにどうしたってんだ?」

「医学生に売ったのかも」

「チャーリー・ブロディを? 医学生がチャーリーになんの用がある?」

「実験に使ったとか。フランケンシュタインの怪物を作ろうとしたかも」

「フランケンシュタインの怪物か。そう言うおまえこそフランケンシュタインの怪物だよ。けちな上着を取ってくる、ちょろい使いに出したのに、怪物を連れて帰るんだからな」

「ニック、おれのせいじゃありませんよ。おれは墓場にいたんだから。あとはチャーリーさえいれば問題はなかったんだ」

ニック・ロヴィートは腰に手を当てた。「ちょっと話がある。ずばりと、腹を割り、友人同士で隠し事はせずに。すぐにあの上着を探してこい。チャーリーの死体がどこにあろうとどうでもいい。医学生もフランケンシュタインの怪物もどうでもいい。どうでもよかないのは、あの上着だけだ。あれを見つけろ、エンジェル。さもなきゃ、からっぽの棺桶があるブルックリンに舞い戻って、墓を掘り直し、棺桶に入って蓋を閉めちまえ。わかったか？」

「なんて商売だ」

「商売？　こいつが商売だと？　おれに言わせりゃ、なんでもありのお笑い番組だ。まったくのところ」

「ときどき考えるんです。入隊して三十六で退役すりゃよかった、って」

ニック・ロヴィートはエンジェルをしげしげと眺め、表情をやわらげた。「エンジェル」先ほどよりはるかに穏やかな口ぶりだ。「そんな言い方はよせ。おれが言ったことは気にするな。おれは朝の四時半に起きるのに慣れてないだけだ。だれも入ってない棺桶や、だれも見送らない盛大な見送りなんかにも。慣れてないだけだ」

「おれだって、毎日こんなことに出くわしませんよ」

「わかるさ。おまえの立場になって考えりゃ、そりゃわかる。おまえはやるべきことを全部やった。ここに戻っておれに報告したのも正解だった。なんてったって、おまえはおれをコネリーから助けた男じゃないか？　おれの右腕じゃないか？　あんな風にかっとするんじゃなかったよ。ドジを踏んだやつがいるとしたら、それはチャーリーだからな。あの野郎がくたばってるのは残念だ。でなきゃ、おまえに始末させたのに」

「いいえ、おれはとっちめられて当然です。ウィリーを逃がしちゃいけなかった。あれはおれの手抜かりでした」

「ウィリーは放っておけ。たいしたことじゃない。どうせ週末までに始末させる。万一のときは、ハリーにボウリング場で始末させりゃいい。肝心なのはスーツだ」

「探しますよ、ニック。それぐらいしか約束できないけど、探します」

「言われなくてもわかってるさ、エンジェル。おれがおまえをどう思ってるかはわかってるだろう。おまえはおれの頼れる補佐役で、分身だ。聖書の文句じゃねえが、〝あなたの行かれるところに〟気持ちのうえじゃおれもいる。この世にあの青いスーツを見つけられるやつがいるとしたら、それはおまえだけだ」

「精いっぱいやります、ニック」

ニック・ロヴィートは父親のようにエンジェルの肩に手を置いた。「例のスーツがどこにあるにしろ、朝まではどこにも行きゃしない。おまえはくたびれきってる。ずっと土掘りやら――」

「ケニーがマニュアル車をよこしたもんで」

「ほんとか？　なんでまた？」

「しかたないんです。条件に合った車がそれしかなくて」

「マニュアル車はもう作ってないと思ったが。まあ、それはどうでもいい。要は、おまえが万全の調子で働く気なら、ひと休みすることだ。これから家に戻って、ひと晩よく寝て、十分体を休めてからスーツを探しに行け。いいか？」

「ちょっと寝たいですね」

「そうだろうよ。さっきおれが言ったことは気にするな。むしゃくしゃしてただけだ」

「わかってます、ニック」エンジェルは立ち上がった。「あのう、車は表にとめてあります。だれかに返してもらえませんか？　おれはタクシーを拾って帰るんで。その、左足がもうくたくたなんですよ」

「全部まかせとけ。車なんか気にするな。スーツのことだけを考えろ。やってくれるか？」

「もちろんです、ニック」

ニック・ロヴィートはエンジェルの肩を叩いた。「それでこそ、おれの部下だ」

6

前庭にはこんな看板が出ていた。

オーガスタス・メリウェザー
葬儀会館

幅三フィートの看板にはネオンが使われていたが、体裁を考えて、色は青だった。この看板のうしろの、手入れの行き届いた芝生の向こうに建物があった。もとは十九世紀後半に建てられた悪徳資本家の別邸で、もろい漆喰造りの切妻《きりづま》屋根と出窓は、いまでは陰気な茶色に塗り替えられていた。広々として間の抜けた正面には、広々としてがらんとしたポーチがついている。エンジェルがスレート敷きの歩道を歩いていくと、ポーチは制服警官でいっぱいだった。エンジェルははたと立ち止まったが、遅すぎた。とっくに姿を見られている。精いっぱいなにげないふりをして、エンジェルは歩き続けた。

ポーチには三十人あまりの警官がいるが、エンジェルには関心がなさそうだ。三、四人ずつ固まって、ひそひそと立ち話をしている。みんなミッキーマウスみたいな白い手袋をはめ、警察の神聖な伝統を守って不格好に仕立てられた制服を着ていた。エンジェルは警官の集団を見たショックから立ち直ると、これまた通夜にちがいないと気がついた。融通が利くメリウェザーは、法を守る側にも破る側にも葬式を出すのだ。

ポーチの階段を昇って警官の群れに入っていくと、好奇の一瞥を投げられたが、それはおざなりなものだった。とくに気にかける者はいない。ポーチを横切り、網扉をあけたところ、中から出てきた男にぶつかった。「おっと」とエンジェルは言った。

よろめきながら両手を振りまわしているのは、ずんぐりした中年の警官だった。制服の袖には黄色い袖章と山形袖章と年功袖章がびっしり並び、オズの都へ続く黄色い煉瓦の道に見える。警官はエンジェルにつかまってバランスを取り戻してから、こう言った。「こりゃどう——。おや！　どこかで会いませんでしたか？」

エンジェルは口をすぼめて警官の顔をよくよく見たが、しょっぴかれた相手でもなければ、組織の関係で裏取引がある男でもなかった。「どうでしょう」彼は言った。「思い当たりませんが」

「たしかに……」警官は首を振った。「ま、いいでしょう。彼に会いに行くんですか？」

〝彼〟が何者か知っていたら、そうだと答えるところだが。しかたがないので、エンジェルは答えた。「いいえ、葬儀屋に用があるんです。メリウェザーに」

警官はまだエンジェルの腕を放していなかった。今度は顔をしかめている。「どこかで会ったはずですよ。わたしは人の顔を忘れないたちでして」

エンジェルは腕を振りほどいた。「人ちがいでしょう」警官を避けてじりじりと進みながら戸口を抜けた。「人ちがいでしょう……」

「きっと思い出しますよ」警官は言った。「思い出してみせます」

あいだで網扉が閉まるにまかせ、エンジェルはやれやれと警官に背を向けた。ようやく中に入ったところ、なにもかもきのうのチャーリーの通夜のときのままで、ちがっているのは制服警官たちがいる点だけだった。あとはセピア色の薄闇も同じ、控え目なアールヌーボー調のインテリアも同じ、むせ返るような花の香りも同じ、ぶあつい絨毯も、会葬者が漏らす低い声も同じだ。

ドアを入ったすぐ右手に受付台と男が立っていた。男のほうが背が高く、受付台のほうがやや細身で、どちらもゴシック風の陰鬱な雰囲気をかもし出している。どちらも大部分は黒で、てっぺんの長方形が白だった。男のてっぺんの白い長方形は顔であり、漂白したバセットハウンド犬の顔みたいにわびしげな代物だ。受付台のてっぺんにある白い長方形は開かれた帳面で、会葬者が記帳するものだった。その脇には、紫色の長いリボンで台に留められた黒いペンが置かれている。

受付台か男のどちらかが、生気のない声で言った。「記帳なさいますか?」

「おれはあの人たちの連れじゃない」エンジェルは声を落とした。「ミスター・メリウェザーを探してるんだよ。用事があって」

「さようで。ミスター・メリウェザーは事務室にいるでしょう。そこのカーテンをくぐり、廊下を進んでください。左側の最後のドアです」

「どうも」エンジェルが歩き出すと、背後で「おい。ちょっと待った」という声がした。

エンジェルは振り向いた。またあの警官だ。袖に黄色い煉瓦の道をつけたやつ。警官はエンジェルを指さして顔をしかめている。「記者だったことがあるかい？」彼は訊いた。「市当局を取材していたとか？」

「おれじゃありません。別の人と勘ちがいしてるんですよ」

「あんたの顔を知ってる」警官は言った。「おれはキャラハン主任警部だ。この名前に聞き覚えはないか？」

ある。キャラハン主任警部は、以前ニックが話していた警官だ。「あいつがおれたちから手を引いて、愛国者らしく共産主義者どもを追いかけりゃ、半年で冷戦にけりがつくだろうに。ムカつく野郎だ」ニックはずっと前にこの警部を買収しようとしてしくじった。当時キャラハンはニックの使いの腕を背中へねじ上げてニックのオフィスに駆け込ませ、机の前に座っている彼の膝に放り出した。「こいつはおたくの手下だ。だが、おれはちがうぜ」と言って。だから、エンジェルはキャラハンの名前を聞いてぴんと来た《リング・ベルズ》のだ。それぱかりか、非常ベルにサイレン、警笛、口笛におもちゃの笛まで鳴った。

だが、エンジェルは言った。「キャラハン？　キャラハンねえ。キャラハンという名前に心当たりはありませんが」

「おれはいずれ思い出す」とキャラハン。

エンジェルはうっすらほほえんだ。「かならず思い出して、教えてくださいね」

「ああ、もちろんだ」

「それはよかった」笑みを浮かべたまま、エンジェルはあとずさりしてカーテンの陰に姿を消した。

やはり薄暗くてごたごたしているが、そこは別世界だった。目の前に天井が低くて狭い廊下が続いていた。蠟燭のような形をした二本の壁掛け照明には、炎のような形をした琥珀色の電球がついていて、そのほの暗い光が唯一の明かりだった。壁の色は珊瑚色か、あんず色か、琥珀色か、ベージュかもしれない。幅木《はばき》は黒っぽく塗られ、床には入り組んだ模様の濃い色のペルシア絨毯が敷かれている。古代エジプト王《ファラオ》が西暦一九三五年に死んだなら、ピラミッドの内部はこの廊下にそっくりだっただろう。

右手の壁には色あせた小型の版画がずらりと掛かっている。屹立した白い柱が特徴のロマネスク建築の廃墟で、胸（小ぶりの胸）をあらわにしたニンフたちが戯れている図だ。左手の壁には、幅木と同じ濃い色に塗られたドアが並んでいる。エンジェルはこうしたドアの前を通り過ぎ、最後のドアまで進んだ。ほかと同じようにやはりこれも閉まっていた。ノックしても返事がないので、ドアをあけてみた。

ここはメリウェザーの事務室らしい。狭苦しくごちゃごちゃした部屋で、窓から車庫の壁が見える。いちばんモダンな家具はロールトップデスクだ。いまはだれも机に向かっていない、というより、部屋のどこにも人の姿がない。

エンジェルはいらいらして首を振った。じゃあ、ここを出て、ほかにメリウェザーのいそうな場所を受付台に訊くしかない。そのうちまたキャラハンにぶつかって……。

床に片方の靴が見えた。ロールトップデスクの片隅だ。上のほうに黒い靴下ものぞいている。あの靴には足が入っているのだ。

エンジェルは顔をしかめて靴を見た。一歩踏み出して部屋の中まで入り、机の角の向こうが見えるまで体をぐっと左に傾けた。するとそこに、床に座り、家具に囲まれた隅に押し込められていたのは、ぐったりしたメリウェザーその人だった。目と口は大きく開き、完全に生気が失せている。胸に突き刺さったナイフの金色の柄が、赤いしみのついたシャツを背にしてきらりと輝いた。

「うーん」この葬儀屋がバラされたことは、チャーリー・ブロディの死体が消えた件とどこかでつながっている、とエンジェルは決めつけた。メリウェザーはチャーリーの死体を最後に見た人間だったので、その行方についてもなにか知っていたはずだ。だからエンジェルは葬儀屋を探しにきた。いまやメリウェザー自身がバラされたことで、エンジェルに言わせれば彼の仮説が証明され、この計画には、それがどんなものであれ、ひとりかそれ以上の人間が一枚嚙んでいることもわかった。このすべてを頭に刻み、エンジェルはひとこと言った。「うーん」

そこへ女の声が、とげとげしく冷たく響いた。「ここでなにをしているの?」

エンジェルはくるりと振り向いた。戸口に立っていたのは、黒ずくめの格好をした長身でやせぎすの氷の美女だった。黒髪を一本の太い三つ編みにして、北欧風に頭に巻きつけている。顔は骨ばった細面で、引きつった肌は羊皮紙のように白く、唇に濃い赤の口紅を引いた以外は化粧をしていない。目の色は黒に近い焦げ茶で、表情は傲慢で冷ややか、人を小ばかにしているようだ。手はエンジェルが見たこともないほど青白くて薄く、口紅と同じ緋色のマニキュアを細長い指に塗っていた。年齢は三十歳くらいに見える。

女は机の裏に押し込められた死体をまだ見ていないらしく、エンジェルはそのことをどう伝えればよいかわからなかった。「じつは……」漠然とした言い方をして、もとメリウェザーのほうを手であいまいに示した。

女の目はエンジェルのしぐさを追い、大きく見開かれた。よく見ようと、彼女が部屋の奥まで入ってくると、なぜかエメラルドを思わせる香水がふわっと漂った。エンジェルは言った。「彼は……その……」

女の顔から十年か十五年の年月が消え、あとには目を丸くして口をぽかんとあけた少女の表情が残された。「うそ!」と女は叫んだ。先ほどより若々しくけたたましい声で。そして白目をむき、膝の力が抜け、失神して床に倒れた。

エンジェルはかたわらでだらしなく死んでいるメリウェザーから目を離し、その反対側でだらしなく気絶している黒い服の女を見た。退散したほうがよさそうだ。彼は女をまたぎ、薄暗い廊下に戻ってドアを閉めた。ネクタイを直して上着を撫でつけ、呼吸を整えてから、のんびりと廊下を歩き、カーテンをくぐってロビーへ出た。

男と受付台はあいかわらず玄関ドアの脇という定位置についていた。しかつめらしい顔の警官たちは紺の制服に糸くずをつけたまま、遺体との対面室を出入りしている。エンジェルは黙ってそっと目立たないように玄関ドアへ向かったのに、再びぱっと現れたいまいましいキャラハンに袖をつかまれた。「保険会社だ。あんた、保険屋だろ?」

「いいや、あんたはおれとだれかをごっちゃにして……」エンジェルは腕を振りほどいて歩き続けようとした。

「その顔はたしかに知ってるぞ」キャラハンは食い下がった。「どこで働いてる? どんな——」

そのとき金切り声がして、あたりが静まり返った。貨物列車が急ブレーキをかけたような音に、だれもが立ちすくんだ。対面室を出入りしていた警官たちも、エンジェルの腕を握り締めたキャラハンも、ドアに手を伸ばしたエンジェルも。

ぎしぎしと音がするほど首をねじり、どの頭も声がしたほうを振り向いた。その後の水を打ったような静けさの中でみんなの目に飛び込んだものは、両手をドラマチックに上げて戸口のカーテンを押しのけている黒い服の女だった。唇と爪は緋色、顔は真っ白、服は黒だ。

ほっそりした青白い片手が動き、爪が緋色に塗られた一本の指がエンジェルをさした。「あの男よ」震える声が告げた。「あの男が主人を殺したの」

7

「エンジェルか！」キャラハンは叫んだ。エンジェルの袖を放してぱちんと指を鳴らし、遅まきながら女が言ったことに気づいた。「おい！」キャラハンは怒鳴り、もう一度エンジェルの腕をつかもうとした。

だが、手遅れだった。エンジェルはもう玄関ドアを出て、芝生を半分突っ切っていた。〈葬儀会館〉の看板を飛び越え、歩道に着くと、いちもくさんに駆け出した。

「やつを止めろ！」と口々に叫ぶ声がした。中古品のごつい黒靴がどたどたと追いかけてきた。半街区ほどうしろで騒いでいるのは、ありとあらゆる体型をしたパトロール警官の一団で、みな一様に紺の制服を着て白い手袋をはめ、真っ赤な顔をしている。

エンジェルは信号を無視して大通りを突っ切り、危うく市バスに轢かれそうになり、TR2や『ヘラルド・トリビューン』紙の配達トラック、バラクーダにもぶつかりそうになった。背後では警官たちと車が、洗った長髪のようにもつれにもつれ、交差点が突如として大混乱に陥っていた。警官の半分は道路の真ん中で立ち止まり、あとの半分が通れるように、両手を上げて車を止めている。だが、あとの半分が通れないのは、先の半分が道路をふさいでいるせいだった。市バスとバラクーダも、どちらも立ち往生して道路をふさいでいた。バラクーダに追突したマスタングも。スクーターに乗ったボヘミアン風の若い女も、ことのなりゆきを見届けるべく、騒ぎの真っ只中で止まっていた。

それでも、ほとんどの警官は交差点を脱け出して再び追跡に加わり、エンジェルに止まれと叫び、降参しろ、おとなしく自首しろと呼びかけた。

いっぽうエンジェルは一街区ほど先まで走り、脇腹が痛くなってきた。行く手の街角では、若い新米警官がグレーがかった紺の制服と紺の制帽を身につけて、電柱の警察専用電話で話していた。警官は騒音を聞きつけ、電柱の向こうが見えるよう心もち片側に寄ると、受話器を耳に当てたまま目を丸くした。エンジェルが突進してくるし、そのうしろでは跳ねまわる制服の一団がわめきたてているではないか。

エンジェルは新米警官を見て、彼が驚く顔を見て、彼が早口でしゃべって電話を切るのを見て、彼が警棒を握って電柱の陰からそろそろと出てくるのを見て、左手の二軒の倉庫か工場のあいだに路地があるのを見た。そこでさっと向きを変え、アスファルトの道路を全力疾走して路地へ飛び込んだ。

両側は薄汚れた煉瓦造りの六階建ての建物だった。行き止まりは風雨にさらされた高さ十フィートから十二フィートの木造の建物で、古ぼけた壁の上半分はたわんでいた。

壁の下半分には扉があり、いまは閉まっていた。エンジェルはそこへ駆け寄りながら、自分はメリウェザーを殺してないし、きのうの朝教会へ行ったばかりだと神に念を押した。扉を押すと、すんなりあいた。中へ入って扉を閉めた。

やれやれ。こっち側にも別の路地があるぞ。その真ん中でアイドリングしている黒い大型トラックのエンジンが、ダッダッダッダッと静かな音をたてている。奥の路地側の壁には太いかんぬきも立てかけてあり、いまエンジェルが入ってきた扉の両側にはかんぬきに合わせて作られたとおぼしき腕木があった。かんぬきを通してみるとぴたりとはまり、扉がふさがれた。

その直後、わめきながら突進してくる警官の一団が、どさっ、どさっという音をたてて押し寄せた。扉は持ちこたえた。壁は一見やわだったけれども、内側で横梁と筋交いに支えられ、やはり持ちこたえた。

どんどん叩く音が始まり、「あけろ！」という叫び声がした。

奥の壁際には、扉の右手から側面の壁にかけてドラム缶がずらりと並んでいた。エンジェルの頭より高く積み上げられ、数本の棒と縄で留めてある。棒を一本引き抜き、二本の縄を引っ張ると、ドラム缶はがらんがらんと戸口へ転がり落ちていき、路地の奥を覆い隠した。缶をどけて扉にたどり着くには、大勢の男の手でも二十分はかかりそうだ。

「あけろ！　あけろ！　警察だぞ！」

エンジェルは先へ進んだ。

この路地はさっきの路地より広いが、それでもトラックの脇をくねくねと横歩きするしかなかった。トラックの運転台は外を向き、屋根がついた荷台はどんどん叩く音とわめき声が響いてくる壁を向いていた。運転台はからっぽだったので、すかさず乗り込み、忘れずギアをローにして、路地を出た。

一分たらずでその街区をまわり、反対側の路地に戻った。突き当たりはまだ警官たちでにぎわっていて、あの新米も、封鎖された扉を警棒で叩きまくっていた。黒い大型トラックがワインの瓶にコルクをはめる要領で後部からじわじわと路地の入り口におさまっていっても、警官はだれ一人として気づかなかった。要するに、手遅れになるまでは。

エンジェルがトラックのエンジンを切ってキーをポケットに入れると、路地ではあらたにどっと大声があがった。先ほどより過激で、やけくそで、怒り狂っている。

エンジェルは涼しい顔でその場を去り、トラックのキーを下水溝に放り込んだ。街角は上を下への大騒ぎだった。追突事故で前部と後部がくっついたバラクーダとマスタングの横で、ブレザーを着たふたりの若者がけんかをしている。発車しそうもない市バスを大勢の人が取り囲んでいる。回転灯をつけた二台のパトロールカーが交差点をふさぐ手助けをし、それに乗ってきた四人のパトロール警官はスクーターに乗ったボヘミアン風の若い女を囲み、彼女がくだくだと話すでたらめに耳を傾けている。増え続ける人と車が、こうした騒動の中心を取り囲んでいくので、輪の外れではとんでもない噂が流れていた。事実、あるグループは群衆が建物の窓台に出た人を眺めていると思い込み、その人が飛び降りるかどうかという無駄な賭けをしていたほどだ。

「ちょっと失礼」エンジェルは言った。「すみません」彼は片側の人ごみをかき分《サッ》け、取っ組み合っている若者たちをよけ、ボヘミアン風の若い女と悩殺された四人の警官の前を通り過ぎ、いらだった乗客と激怒している運転手とともに立ち往生したバスを避け、反対側の人ごみもかき分けて、葬儀場へ戻っていった。
まだ訊きたいことがあるのだ。

8

ポーチはがらんとしていた。対面室では死人が対面されずに横たわっていた。だが、正面玄関のすぐ近くでは、受付台と男という頼れる番人が、あいかわらず持ち場についていた。エンジェルはどちらにともなく声をかけた。「警察に頼まれて、ミセス・メリウェザーに事情を訊きに来たんだが。どこにいるんだい？」

「わかりかねます。出かけるところは見ませんでしたから、奥の部屋にでもいるのでしょう。二階かもしれません」

「わかった」

エンジェルはカーテンをくぐって廊下を進み、ずらりと並ぶドアをあけていった。時間はあまりない。計画は単純だ。ミセス・メリウェザーを見つけ、誘拐して、安全な場所へ連れていき、チャーリー・ブロディのことや、彼女のほかにも死体に接触できた人物のことを、なにか知っているとすれば聞き出して、自分はメリウェザーを殺さなかったと納得させてから葬儀場に戻す。しかし、ミセス・メリウェザーを探すのが先決だ。

片っ端からドアをあけると、そこは順にクロークルーム、掃除用具入れ、重ねた折りたたみ椅子が詰まった窓のない小部屋、棺が詰まったやはり窓のない小部屋、地下へ降りる黒い階段、階上へ昇る黄色い階段、それから事務室だった。どの部屋にも人気《ひとけ》がなく、唯一の例外である事務室にいるのもメリウェザーだけだ。

そうか。じゃあ、メリウェザーの女房は二階に引き取り、死体を発見したショックで臥せっているのか。エンジェルは黄色い階段を昇った。

二階には、葬儀場にあるさまざまな世界のうち、また別の世界があった。そこは黄色とピンクで統一され、更紗木綿《チンツ》とパイル織物があふれ、フリルとレースだらけで、トイレットペーパーのコマーシャルのようにふんわりしていた。コロニアル様式のヘッドボードがついたベッドに掛かったアーリーアメリカン調のベッドカバー。花々と飛び跳ねる人物が描かれた明るい壁紙。毛足の長いピンク色の便座カバーと、揃いの毛足の長いピンク色のバスマット。ワックスをかけた床のあちこちに敷いたラグ。部屋じゅうできらりと光る、磨き上げた楓《かえで》材の家具。だが、ミセス・メリウェザーはいない。

もっと上か？　屋根裏へ続く階段を見つけ、昇ってみると、そこは暗くて殺風景で埃っぽい木製のテントの形をした場所で、スズメバチがうようよしていた。エンジェルはくしゃみをしながら階下へ降りた。

メリウェザーの女房はどこかにいるはずだ。亭主が殺されたばかりで、自分でそれを警察に通報したんだから、ここにいなくちゃおかしい。二階の寝室をもう一度探したが、やはりだれもいなかった。一階へ戻り、最後に、ほかに探す場所がないので、地下室へ行くことにした。

黒い階段の降り口の壁に電灯のスイッチがある。明かりをつけたところ、階段は木製で、地下室の床は灰色に塗られたコンクリートだとわかった。降りていくと、そこはマッド・サイエンティストの研究室だった。棺、スティール製のテーブル、液体が入った瓶が並んだ戸棚、チューブと管とホース。大きなドアの向こうに大型冷凍庫。肉屋にあるようなタイプで、横に板が数枚渡してあり、そのうち二枚はシーツの下に人が横たわっていた。シーツを持ち上げてみたが、どちらも知らない顔だった。

一階に戻って正面玄関へ向かうと、受付台と男が死すべき運命の人々に囲まれて、永続性と不死を宣言するように立っていた。エンジェルは言った。「本当に彼女は出かけなかったのか?」

「だれのことです?」

「ミセス・メリウェザーさ。黒い服を着た、背の高い女だよ」

「と言いますと?」

エンジェルはいらいらして、対面室をのぞいたが、かつての某氏が会葬者との対面を待っていただけだった。彼は受付台と男のところへ戻った。「ミセス・メリウェザーを探してるんだ」

「ええ、承知しています。ここにいなければ、まだ買い物から戻らないのでしょう。けさ買い物に出て……」

「十分前にここにいたんだぞ! 黒い服を着た背の高い女が、あのカーテンのそばにいた」

「黒い服を着た、背の高い女ですか?」

「ミセス・メリウェザー。あんたの雇い主の女房だよ」

「いいえ。お言葉を返すようですが、それはちがいます。ミセス・メリウェザーは黒い服を着た、背の高い女ではありません。奥様はたいそうずんぐりむっくりで、たいていピンク色の服を着ています」

「なんだって？」

「ピンク色です」と受付台。または男が答えた。

9

カーマイン・ストリートにあるエンジェルのアパートメントの玄関ドアに手紙が貼ってあった。大きな紙に朱色の口紅で書かれ、付け爪で留めてある。文面はこうだ。

ハニー、あたしは西海岸から戻ったわ。どこにいるのよ、ベイビー。もうあんたのドリーに会いたくないの？　ロクサーンの留守録に伝言を残してね。

口がうまいドリーより

エンジェルはこの手紙を読んで目をぱちくりさせ、文末にかつてドリーと楽しんだ内輪のジョークを見つけて驚き、口紅で書かれた紙がほのめかす夢のような意味合いに戸惑った。付け爪をはがし、紙を裏返してみると、それはドリーの履歴書だった。これまで働いたクラブや劇場をリストアップしたものだ。ドリーは自称エキゾティック・ダンサー、つまり踊りながら服を脱いでいくダンサーであり、エンジェルが四年前に大出世を遂げてニック・ロヴィートの右腕になったとき手に入れた役得のひとつだった。

片手にドリーの履歴書、もう片方の手に付け爪を持ち、エンジェルはひねくれた顔でうなずいた。人生なんてこんなものさ、と彼はつぶやいた。ふだんなら、すぐドリーに伝言を残し、日暮れまでに落ち合えただろうに……。運命が恵んだタイミングなんかこんなものだ。エンジェルはくやしそうに手紙と付け爪を片手でくしゃくしゃにして、反対の手でドアの錠をあけて中に入った。

タイミングといえば、電話が鳴っている。エンジェルは手紙と付け爪をドアの脇の小さなテーブルに放り、その上の壁に掛かった楕円形の鏡をのぞいて、自分がやはり幻滅した顔をしているかどうかを確かめた(案の定)。そして、熊の毛皮や小さな長方形のペルシア絨毯、オレンジ色の特大クッションがところどころに置かれた淡いベージュ色の大型カーペットを横切り、白い革製のソファの横にあるサイドテーブルの上の電話機から受話器をとった。「いまは話せないよ、母さん。仕事があるんだ」

「こっちはたかが母親だしね」彼女は言った。「あたしがふた晩続けておまえが食べたこともない食事を作ってやるのは、テレビドラマで口出しばかりする母親に似てるせいじゃないよ。少しはチキンスープを飲めとか言う、ああいう手合いじゃないのはわかってるね。だけど、これは特別な折だからさ。きのうはおまえがすこぶる誇らしかったもんで、感謝と感激をあたしにできる唯一の形で、つまり料理で表したかったんだ。満足にできるのはこれくらいだし。なのに、ふた晩とも来ないんだね?」

「えっ? どのふた晩だい?」

「ゆうべ」母親は言った。「それに今晩だよ」

「母さん、おれは仕事中だぜ。これは嘘でなければ言い訳でもなく、本当に仕事中なんだ。おれはこれまで以上にがんばってるけど、問題もたくさん抱えてて、いまは話しちゃいられない。これから何本か電話をかけなきゃいけないし」

「アロイシャス、あたしはただの母親じゃなく、おまえの相談役でもあって、世の中の仕組みを話して聞かせてるじゃないか。お父さんはあんたほど出世しなかったけど、やっぱり同じようにしてたんだよ。まあ、息子が父親を超えるのは当然だけど」

「電話じゃこんな話はできないよ」エンジェルは言った。

「じゃ、夕食においで。どうせ、どっかで食べなきゃいけないだろ。うちでもいいじゃないか」

「この仕事が片づいたら電話する。いまは大事な電話をしなきゃいけないんだ。さもないと、面倒なことになる」

「アロイシャス――」

「手がすいたら電話する」

「おまえ――」

「嘘じゃないよ」

「忘れ――」

「忘れないって」

今度は母親もとっさに言い返せなかったが、二、三秒沈黙が流れると、エンジェルが言った。

「じゃあな、母さん。また電話する」言うが早いか、受話器を置いた。またすぐに受話器を取ってダイヤルしようとしたとき、甲高い声が聞こえた。「アロイシャス？　アロイシャス？」

あっちは受話器を置いてなかったんだ。このままじゃ電話が切れないぞ。エンジェルはすかさず受話器を置き直した。十まで数えてから、そろそろと受話器を耳に当てた。今度はありがたい呼び出し音が聞こえる。

ニック・ロヴィートのオフィスに電話をかけたが、ニックは留守だという。エンジェルは名乗ってから言った。「急用だと伝えてくれ。折り返し電話をかけてほしいと」

「わかった」

次にホレス・スタンフォードという男に電話をかけた。昔は有名な弁護士だったが、資格を剝奪されて以来、組織の法律顧問におさまっている。電話が通じると、エンジェルは言った。「今日の午後、アリバイ提供者が必要になる」

「詳しく」とスタンフォード。彼の自慢はスピードと正確さ、淡々とした態度、企画能力であるだけに、英語に弱い人物から届いた電報のような、短く省略された文章で話す。

エンジェルは一日の行動を詳しく話した。やったことを、なぜやったのか説明する手間は省いた。それを知るのはスタンフォードの仕事ではない。エンジェルが話したのはこれだけだった。葬儀場に行ったこと。メリウェザーの死体を見つけ、キャラハンに名前がばれ、メリウェザーの妻を名乗りながら実はちがった女に犯人呼ばわりされて逃げるはめになったこと。「キャラハンはおれをじっくりと見極めた」エンジェルは言った。「でも、まだ自信はないと思う。だいいち、おれを指さした女が死人の女房なんかじゃないとわかれば、おまわり連中はますますこんがらがるだろうよ。だから、おれには午後のアリバイ提供者がいれば十分さ」

アリバイ提供者を用意するのはスタンフォードの仕事にほかならない。電話の向こうでスタンフォードが舌打ちしたり、書類をめくったりする音がした。ようやくスタンフォードは言った。

「競馬だ。繋駕《けいが》速歩競走。ニュージャージー州フリーホールド競馬場。出かけた仲間はエド・リンチとビッグ・タイニー・モローニとフェリックス・スミス。一度、きみは勝ち馬を当てた。十二時五十六分の第三レースに出たハガイタタだ。十ドル儲けた。昼食はフリーホールドの〈アメリカン・ホテル〉でとった。ステーキだ。きみたちはモローニの新車、白のポンティアック・ボネヴィルのコンバーティブルで出かけた。幌は下ろしてあった。リンカーン・トンネルとジャージー・ターンパイクと九号線を通り、同じ道を帰った。五分か十分でマンハッタンへ戻るはずだ。きみは三十四丁目と九番街の角で車を降り、タクシーでダウンタウンまで行く。わかったね？」

「わかった」

「よろしい」スタンフォードは電話を切った。

エンジェルもそうしたとたん、電話が鳴った。彼は受話器を取った。「ニック？」

しかし、聞こえたのは母親の声だった。「電話が切れちゃったんだよ、アロイシャス。それからはずっとお話し中でね」

「切れたわけじゃないさ」彼は説明した。「おれが切った。また切るよ。母さんも切るんだ。そのうち電話するけど、いまはニック・ロヴィートからの電話を待ってるから、話していられない」

「アロイシャス――」

「電話を切らないと、おれはカリフォルニアへ引っ越す」

「そんな！」

これは万策尽きた場合の奥の手として取ってある、古くてもめったに使わない脅しだった。事実を並べ、理屈を説き、感情に訴える手も失敗すると、いよいよカリフォルニアという怪物の出番が来る。エンジェルがカリフォルニアと言うなり母親は確信した。息子は真剣であり、その要求は重要なのだと。

だが皮肉なもので、エンジェルが言ったほかの言葉、仕事の件やニックからの電話を待っていることは本当なのに、カリフォルニアへ引っ越すという脅しは嘘だった。エンジェルはカリフォルニアが大嫌いで、カリフォルニアに住むくらいならシンシン刑務所に住むほうがましだと思っていた。カリフォルニアはいまの場所に、三千マイルかなたの海岸でじっとしていてくれたら御の字だ。

それでも、この究極の脅しまで効かなくなる日が来たら、背に腹はかえられず、カリフォルニアへ引っ越すしかないだろう。もうひとつの道――母親から身を守る切り札を持たずにニューヨークに残る――を選ぶのは、カリフォルニアに住むより耐えがたい唯一のことだから。

しかし、いまはこの脅しも効き目がある。エンジェルがそれを口にすると、母親は「そんな！」と声をあげた。「大事な用なら邪魔しないよ。手がすいたら電話してちょうだい」

「するよ」約束して、今回ふたりは同時に電話を切った。

ニックからの電話を待つあいだ、エンジェルは寝室で着替えをした。駆けずりまわって気分はよれよれだ。シャワーを浴びたいところだが、時間がない。それにニックから電話がかかっても、バスルームでは呼び出し音が聞こえないだろう。

このアパートメントのもともとの持ち主は、ブロードウェイ・ミュージカルの衣装をデザインするゲイの青年で、彼はほとんどの家具を第二の持ち主になったテレビ局のプロデューサーに売った。この男は結婚願望こそなくても筋金入りの異性愛者であり、前の住人好みの突飛な家具のいくつかを自分らしい家具と取り替えた。リビングルームにバーコーナーを作って白い革張りのソファを置き、寝室の天井に鏡を取り付けた。リビングルームの壁の一面に映写機を埋め込み、ソファの脇のサイドテーブルに照明の親スイッチをつけた。次にエンジェルが引っ越してきて、プロデューサー――そういえば、デザイナーと同じくカリフォルニアへ引っ越していった――から家具を買い、なおかつ自分なりに少し変化をつけた。寝室のクローゼットの壁にだまし絵を描いて奥があるように見せかけ、寝室脇の小部屋に防音装置を施した。以前の住人のどちらにも使い道がなかった部屋だが、エンジェルはそこで安心しきって仕事の打ち合わせができた。最近の警察の盗聴と家宅捜索の手口は違法であるばかりか、はなはだしくモラルに反しているのだ。そして寝室の壁には有名な馬の絵を掛け、キッチンにディスポーザーをつけ、どの窓にも外側から丈夫な金網を取りつけた。いまやこのアパートメントは、ごちゃごちゃしていて、面白い、摩訶不思議な家になっていた。主に使われている色は紫と白と黒と緑だった。プロデューサーが残したカウンターにはデザイナーが残した枝つき燭台が鎮座し、隣にエンジェルの電動ドリンク・ディスペンサーが置かれていた。

この最後の品を使い、エンジェルは飲み物を用意して、アパートメントをぶらつきながら電話が鳴るのを待っていた。いまはスラックスとスポーツシャツに、ゴム底のついたカジュアルなイタリア製の靴という格好だ。手にしたグラスの中で氷がかちりと音をたてる。その姿を見た者はみんな、〝興味深い仕事をしている前途有望な若手幹部社員〟だと言うだろう。まさにそのとおりだったはずなのに。

二杯目を飲んでいると、電話が鳴った。エンジェルは大股でリビングルームへ向かい、ソファの脇に立って受話器を取った。

ニック・ロヴィートからだった。「伝言は聞いたぜ、小僧。どんなあんばいだ?」

「いけません、ニック」

「スーツはねえのか?」

「スーツは見つからないし、ことが厄介になりまして。葬儀屋に葬儀屋を呼ばなくちゃなりません」

「葬祭業者だ。向こうは葬祭業者と呼ばれたがる」

「葬祭業者でも葬儀屋でも、どっちでもいいですよ」

「おれは話についていけそうか、エンジェル?」

「はい。おまけに、この件に首を突っ込んでる女もいます。何者かわかりません。背が高くてやせた、つんとした別嬪《べっぴん》が、おれとサツの連中をこけにして、ずらかりやがって」

「細かい話はいい」ニック・ロヴィートは言った。「結果だけ話せ。でなきゃ、そこまでのあらましだ」

「ことは厄介になってきたんですよ、ニック」

「じゃ、単純にするこった。単純な話、ニック・ロヴィートはあのスーツが欲しいんだよ」

「わかってます、ニック」

「儲けじゃねえ、主義の問題だ。ニック・ロヴィートは盗まれたりしないんだ」

ニック・ロヴィートが自分のことを他人ごとのように話し出すのは、プライドが傷つき、怒り、腹を固めたときだとエンジェルは知っていた。そこで、彼はこれしか言わなかった。「手に入れますよ、ニック。スーツを手に入れます」

「よし」とニックは言い、かちりと電話が言った。

エンジェルは受話器を置いた。「スーツか」とつぶやいた。まるでどこかそのへんに、椅子の背に掛けてあるか、カウンターのスツールを覆っているかのように部屋を見まわした。「ちくしょう」思わず声に出して言った。「どこに行けば、あのいまいましいスーツが見つかるんだよ」

返事がないのでグラスをあけ、またお代わりを作ろうとカウンターへ向かった。

途中で玄関ベルの音が鳴り、酒はあとまわしになった。《牧神の午後》の曲を一部使ったチャイムは、デザイナーから受け継いだ。エンジェルは眉を寄せ、からのグラスをカウンターに置き、玄関ホールに出てドアをあけた。

そこに立っていたのは、あの黒ずくめの謎の女だった。「ミスター・エンジェル？」女はあでやかにほほえんだ。「入ってもいいかしら？　あなたに説明しなくちゃいけないようね」

10

この女は二十歳か？　三十五か？　もっと上か、下か、そのあいだか？　なんともいえない。また、頭がおかしいのか、たんに浅はかなのか、このふたつの相乗効果なのか？　それも、いまのところなんともいえない。

エンジェルは女がアパートメントに入ってからドアを閉め、彼女のあとからリビングルームに入った。女は笑顔でくるりとまわって部屋をほめちぎった。「なんて面白い家なの！　うっとりしちゃう！　斬新だわ！」

エンジェルが身をもって学んだ教訓がひとつあるとすれば、それは〝様子をうかがえ〟だった。質問をするな。頭から決めてかかるな、早まったまねをするな。相手をせかそうとするな。とにかく様子をうかがえ。このマダムXがおれに説明しようっていう腹なら、上等じゃないか。それなりのペースとやり方で話せばいい。こっちは様子をうかがう訓練をする願ってもないチャンスだ。そこで、あとからリビングルームに入ったエンジェルは、「飲み物でもどうだい？」としか訊かなかった。

「ウィスキー・サワーを頂ける？」

「ウィスキー・サワーね。了解」

あいにくウィスキー・サワーはドリンク・ディスペンサーでは出せなかったので、エンジェルはカウンターのうしろにまわり、いつか酒屋から持ち帰ったカクテル入門書を引っ張り出し、下に隠したまま大急ぎでページをめくった。「座ったらどう？　おれもすぐにそっちへ行く」

カウンターの下の冷蔵庫はもとより、バーに酒を豊富に揃えるという前の住人の習慣を踏襲していたおかげで助かった。ウィスキー・サワーを作るには、ここにあるほぼすべての材料が少しずつ必要らしい。『白雪姫』の魔女になった気分で飲み物を作っていると、客はリビングルームをぶらつきながら、作り付けの家具や壁に掛かった品々をほめた。『夏の嵐火島』という題の、稲妻が走る陰気な抽象画（デザイナーのもの）。原色で写実的に描かれた悲しげな道化師の肖像画（プロデューサーのもの）。空を飛ぶ鴨が描かれた一対の額（エンジェルの母親が買ったもの）。

「なんてカトリックらしいの！　なんて珍しい！」

エンジェルは自分にも水割りを作り、二個のグラスをリビングルームへ運んだ。女はサイドテーブルの脇に立ち、そこに置かれた太い赤のキャンドル（デザイナー）と太いオレンジ色の東洋の木彫り（プロデューサー）、おまけに『タイム』誌の今週号（エンジェル）をほめていた。「ウィスキー・サワーだよ」とエンジェルは言った。

「あら！」女は女子高生みたいにえくぼを作ってくるりと振り向いたが、飲み物を受け取った手は青白く、骨ばっているといえるほどか細かった。だが、目をそむけたくなる細さではない。そう、目をそむけたくなることはありえなかった。「ありがとう」女はグラスを持ち上げて、女子高生のものではない目でグラス越しに派手なまばたきをした。それからあの声。かすれているかと思えばうきうきした調子になる、興味をそそらずにおかない声だ。

「座ろう」エンジェルは声をかけ、身ぶりでソファを示した。

「ええ」女はすぐさまヴィクトリア朝様式の椅子に近づいた。木製の腕がつき、座部に目が粗い紫色の麻布が張られたものだ。腰かけると、ナイロンがこすれる音をさせて長い脚を組み、黒いスカートの裾を引っ張って膝を隠した。「さあ、これで話せるわね」

「そうだな」エンジェルはソファに腰を落ち着けた。

「わからないわ」女はにこやかにエンジェルにほほえみかけた。「なぜひとりの男性にこれほど多岐に渡る趣味があるのか」

エンジェルにもわからなかった。多岐に渡るという言葉を知らないのだ。そこで、こう訊いた。

「どうしてここがわかった?」

「あら」女はあっけらかんと、グラスを持った手をひらひらと振りながら答えた。「あのおまわりさんがあなたの名前を呼んだのを聞いて、いろいろと当たってみたら、ここに来られたというわけ」

「どこを当たってみたって?」

「警察本署よ、もちろん」女はウィスキー・サワーをひと口飲み、グラスの縁越しに再びエンジェルをちらちら見た。「実は、そこから来たの」

エンジェルは思わず玄関ドアに目を向けた。時間の感覚が正確なら、いまから三十分足らずで警察がここへ踏み込むだろう。キャラハンと一団は別の路地に閉じ込められて手間どるだろうし、葬儀場に戻っても身元がわからず、なおさら手間どるだろうが、いずれ体勢を整えて動き出す。そうなれば、ふたり組の警官がやってくるはずだ。エンジェルがいると当て込んだわけではなく、自分たちは几帳面だと思いたいばかりに。幻の女が警察本署と口にしたために、エンジェルはこのことを思い出し、思わず目を……。

そこから来た？

エンジェルは声に出して言った。「そこから来たって？　警察本署から？」

「ええ、そうよ」女はグラスを下ろし、練り歯磨きの広告なみに燦然《さんぜん》と輝く笑顔をエンジェルに向けた。「あれこれ混乱させたままにしておけないでしょ？」

「ああ」エンジェルは言った。「そりゃそうだ。できっこない」

ふと女の顔から笑顔が消えていき、表情が曇った。「ねえ」新たなビブラート調の震えを帯びた声で言う。「この世界にはもう悲しみや不安や混乱が満ち満ちているんじゃないかしら？」

「そのとおり」

「だから、わたしは意識を取り戻して自分がしたことに気づくと」女の声からトレモロは減っていくが、まだかすかに残っている。「すぐに警察本署へ出かけたの。向こうはまだこの件を全然知らなくて、あなたを追いかけていた警官たちを探して右往左往していたけれど、わたしがちゃんと事情を説明したから、もうあなたを追いかけないわ。約束してくれたのよ」

「連中が約束したって」

「ええ」まるでサーチライトが灯されるように、またあの笑顔がぱっと浮かんだ。「警察の人はとっても親切よ。知り合いになってしまえばね」

「そいつはどうだか」

「まちがいないわ」女は言った。「あなたがなにも悪いことをしていないのに逃げ出した理由が、警察にはどうしても理解できなかったけれど、わたしにはすぐに理解できたの」

「へえ」

「それはそうよ。突然あらぬ疑いをかけられ、大勢の警官に追いかけられたんですもの……。わたしだって逃げ出したでしょうね」

「でも、あんたが説明したんだろ」エンジェルは言った。「おまわりのところへ行って、やつらがおれを追ってこないように事情を説明したわけだ」

「まあ、そうすべきだと思ったの。それがわたしの義務だって」女は酒をひと口飲み、じっと見つめ、ほほえみ、言った。「ほんとにおいしいウィスキー・サワーを作るのね。ほんとにおいしい」

「よかったら、教えてくれないかな。あんたが警察で説明したことを」

「ええ、そのためにここへ来たのよ。だって――。そうそう。まず、お代わりを頂ける？」

「お安いご用だ」エンジェルは立ち上がり、女が伸ばした手からグラスを受け取って、カウンターのうしろにまわった。カクテル入門書は開いたままにしてあったので、また飲み物を作り始めた。シェーカーに砕いた氷を半分まで入れる……。

謎の女は藻のようにゆらゆらと身をくねらせながら近づき、紫色の座面のスツールにしとやかに腰を下ろした。「あなたって、とても面白いひとね」彼女は言った。

……ガムシロップ一に対して……。

「あなたに迷惑をかけたら、どんなに心苦しいか」

「いや、いいんだよ。丸くおさまれば」……レモンジュースが二……。

「あなたがギャングだなんて信じられない。まあ！ 言っちゃいけなかった？」

エンジェルはカクテルの材料から目を上げた。「それが本署で教わったことか？」

女はカウンターに両肘をついて両手の指を絡ませ、手の上に華奢な顎をのせた。口元に笑みが戻り、目は……挑発的な表情をしている。「あなたは凶悪な人物ですってね」彼女は言った。「マフィアとコーザ・ノストラと犯罪シンジケートとわたしがよく知らない組織にも入っているとか、警察でそう聞いたけれど」

「ダイナーズ・クラブは？ やつら、ダイナーズ・クラブの名前は出したか？ さもなきゃフリーメーソンは？」

女はほほほと笑った。「いいえ、出さなかったわ。不公平な報告を聞かされたみたい」

「やつらは偏見を持ってるんだ」……スコッチウィスキーが八の割合で混ぜる。二、四、六、八……。

「あなたがギャングだとはとても思えないわ」

「そうかい？」……シェーカーを勢いよく振る……。

「すてきな人よ」

「そう？」……勢いよく……。

「ええ、そうよ。テレビの『レイト・レイト・ショウ』に出ている俳優のエイキム・タミロフみたい。ただ、あなたのほうが背が高いし、口ひげはないけれど。それに訛りも。それに、あなたのほうが細面ね。でも、あの〝雰囲気〟はそっくり」

「ほんとに？」……振る。

「わたし、まだ名前を教えてなかったわね？」

中身を漉《こ》しながらウィスキー・サワー用のグラスに注ぐ。「ああ、聞いてない」

「マーゴよ」女は言った。「マーゴ・ケイン」

「エンジェルだ」あとを受けてエンジェルが言った。「アロ――あの、アル・エンジェルだよ」

「ええ、知っているわ。どうぞよろしく」マーゴは女性がよくやるように、手を高く差し伸べた。

やけにか細い手にしては、とても温かかった。栄養不足だがきれいな小鳥を抱いているようだ。

「調子はどう？」

「いいわ、ありがとう」

エンジェルはマーゴの手を離してグラスの前に戻った。グラスの縁にチェリーを飾り……。

「いいといっても」彼女は続けた。「あれこれ事情があるわりによ。死別もしたし」

…………さらにレモンの輪切りを添える。

エンジェルはできあがった飲み物をマーゴの前のカウンターに置いた。「死別って？　どの死別だい？」

「それも話そうとしていたの。どれもこれも関係があるのよ」マーゴの青白く長い指がグラスに巻きつき、それを緋色の唇へ運んだ。「うーん。やっぱりあなたにはセンスがあるわ」

エンジェルはうんと簡単な作り方で自分のお代わりを用意した。角氷、スコッチウィスキー少量、水少量。「家族と死別したのかい？」マーゴをその話題に戻そうとした。

「ええ」やるせなさそうな、悲しげな、孤独な表情がマーゴの目に浮かんだ。彼女は左手の長い爪でカウンターを一度だけ、さざ波を立てるように叩いた。まるでなにかの終わりを告げるように。「主人よ」彼女は言った。「きのう急死したの」

「ああ。そりゃ気の毒に」

「ええ。大変なショックだったわ。あまりにも急で、恐ろしくて、無駄なことで」

「無駄？」

「ええ。主人は年寄りとはいえなかったのに。五十二よ。この先、何年も生きられたはず――。ごめんなさい。すぐ落ち着くから」

いつのまにかマーゴの手に小さな白いレースのハンカチが握られ、目尻に涙が浮かんでいた。彼女は涙を拭い、感情に溺れた自分に腹を立てたように軽く首を振り、ウィスキー・サワーをあおった。「本当に恐ろしいことだったわ」

エンジェルは頭の中で計算していた。亭主が五十二だったとしても、この女はせいぜい二十七、八としか思えない。ときどき老けて見えるのは、白い肌と対照的な黒い服のせいだ。「どういうわけで？ 心臓発作かい？」

「いいえ。事故《アクシデント》よ。よくあるくだらない……。まあ、何度言ってもしかたがないわ。起きてしまったことだし、それでおしまいなんですもの」

「あのときは言ったじゃないか」エンジェルはマーゴに思い出させた。「おれがご亭主を殺したって。そうやってサツの連中をけしかけただろ」

「あのときはどうしたのか自分でもわからなくて」マーゴは言い、途方に暮れた顔をした。そして、手の甲で額にさわった。

こっちを襲《カム・オーバー》ったやつならわかっている、と言ってやろうかとエンジェルは思った。襲《カム・オーバー》ったのは警官隊だからだ。しかし、マーゴの話は脱線しやすいので黙っていた。エンジェルはまじめな顔で続きを待った。

「わたしはミスター・メリウェザーに会いに行ったの」マーゴは言った。はるか昔の悲しい出来事を語るような口ぶりだ。「お葬式の段取りを相談しに。言うまでもなく、頭の中は主人のことでいっぱいだったわ。それに、彼の死がばかばかしいくらい無駄だったこと。ある意味では殺人ね。運命の女神や運命の神が手を下した殺人——人生の次の曲がり角でなにが待ち受けているやら——」

「メリウェザーだが」エンジェルは話を戻した。「あんたは葬式の件で彼に会いに行ったんだね」

「ええ。あのとき、あの人が運命の女神ではなく生身の人間の手で、ホントに殺されてるのを見て、わたし一瞬キレちゃったみたい」

「キレたのか」エンジェルは言った。話し方を、年齢を、気分をくるくる変え続ける様子からして、この女がキレていたのは一瞬じゃないだろう。

「そうだったはずよ」マーゴは話を続けている。「あなたがあの場にいたから、運命の神とまちがえ、気の毒なミスター・メリウェザーをうちの主人と取りちがえ、なにもかも混乱したというわけ」

「だろうな」

「わたしは気を失った――あら、それは知ってるわね――けれど、気がついたときはもう正気じゃなかった、そうとしか思えないわ。なぜか、殺されたのが夫のマーリーだと――」彼女は再び手を額に当てた。「あのとき考えていたことをいまでも覚えているの。それがどんなに合理的で、自然で、正しいと思えたかも。目の前でマーリーが殺されていて、わたしの心に浮かんだ殺人犯は、それはあなただったのよ」

「おれがたまたま事務室にいたばっかりに」

「ええ。それもまた――偶然《アクシデント》ね」その言葉を口にしたマーゴの顔を影がよぎったが、彼女はかぶりを振って先を続けた。「意識を取り戻したとたん、わたしはよろよろと助けを呼びに行き、戸口にあなたが立っているのを見て……あんなことを口走ったのよ」今度は顔に悔恨の色が現れた。続いて当惑の色が。「ごめんなさい」

エンジェルは言った。「いまの話を警察にしたんだよな」

「ええ、もちろん。あちらも最初は怒っていたけれど、結局はわかってくれたわ」

「キャラハン主任警部とも話したのか?」

「じかに会っていないの。電話で話しただけ。主任警部が本署へ向かっているときに、わたしはあちらを出たの」

「ちょっと失礼」エンジェルは言った。「電話してくる」

「どうぞ」

エンジェルはカウンターのうしろから出て電話機に近づき、またホレス・スタンフォードの番号をダイヤルした。電話がつながるのを待つあいだ、ケイン未亡人が優雅にスツールに腰かけている姿をさりげなく眺めた。ほっそりした形のよい脚が組まれ、細身の黒いワンピースに包まれた尻は紫色のフラシ天にきちんとのっている。

やがてスタンフォードが電話に出た。エンジェルは名乗ってから切り出した。「この前頼んだ機械の件だが。もう動き出したかい?」

「いや、まだだ」

「じゃ、キャンセルだ」

スタンフォードはなにも訊かなかった。正確な仕事が身上であり、よけいな情報は求めないからだ。「了解」彼は言った。

エンジェルは電話を切ってカウンターに戻り、今度は客の隣のスツールに腰かけた。「仕事でね」

「ギャングの仕事ね」マーゴはエンジェルを品定めする目で見た。口元には気さくな笑みを浮かべている。「とても信じられない。あなたが――」

マーゴの話は牧神の午後の音にさえぎられた。彼女は目を見開いた。「ここで見つかるわけにいかないわ！」

「えっ？　なんで――？」

「マーリーの妹たちよ！　意地でも遺言状の内容を変えようとしているの。昔の話をあれこれ持ち出して、わたしの評判を傷つけようと、嘘をついたり当てこすりを言ったりして。あなたなら、ぴんとくるでしょう」牧神がまた午後を知らせ、マーゴをせきたてた。「ここで見つかったら、マーリーが死んだ翌日に、知らない独身男性のアパートメントで――」

「奥へ」エンジェルはマーゴに言った。「寝室に隠れろ。さもなきゃ、その奥のオフィスだ。防音装置がしてある小部屋がいちばんだろう」

「ありがたいわ！　あなたってすごく親切で、すごく……」続きがあったようだが、マーゴはもう部屋をあとにしていた。

マーゴの姿が消え、足音もしなくなると、エンジェルは玄関ドアへ向かった。ひょっとして、ドリーだろうか。もしそうだとして、ドリーがあっさり帰ってくれなかったら、考えたくもないほどややこしい事態になる。そんなことを考えながらドアをあけた。

そこにいたのはドリーではなかったが、ドリーのほうがましだったかもしれない。あのドリーでも、キャラハン主任警部よりはまだましだろう。

11

「ようし、チンピラ」とキャラハン主任警部は言った。「サシで話そう」

「いいですよ」とエンジェルは言った。「さあ、入って」

だがキャラハンはもう中にいて、玄関ホールを抜けてリビングルームに向かっていた。エンジェルはドアを閉めて彼のあとについていった。「出かけるとこだったんですよ。知ってました？主任警部に会いに行こうと思って」

キャラハンはエンジェルをにらみつけた。その目つきに比べれば、ニック・ロヴィートの目つきは感じがいいと思えてくる。「知ってるよ」キャラハンは言った。「そうだと踏んでな。だから、手間を省いてやったのさ」

「手間じゃありませんよ、主任警部。飲み物でも？」

「勤務中は飲めない」キャラハンは部屋を見まわした。「ディスカウントショップみたいだな」

「おれは気に入ってるんです」それは本音だった。キャラハンはセンスの悪い警官にすぎないが、こんな言われようは癪にさわる。

「へえ」とキャラハンは言った。まだ制服姿で、袖に黄色い煉瓦の道をつけていた。ふだんは私服で勤務しているが、パレードや葬儀のような特別の場合は制服を着るのだ。今回は着替える暇がなかったとみえる。キャラハンはため息をつき、制帽を取ってソファへ放り投げた。そこほどそぐわない置き場所はなかっただろう。「さて」と彼は言った。「ごたくを並べようじゃないか」

「ごたくって?」

「おまえがあの騒動をただの人ちがいだとほざく以上、おれはおまえを他人とまちがえて、おまえは今日一日どこの葬儀場にも近づかなかったことになる。ところが、おまえはアリバイ工作を思いつき、おれがここへ来る前に二、三の野郎と電話で話し合っただろ」

エンジェルとしてはこう言えるのが痛快だった。「今日、主任警部たちがメリウェザーの葬儀会館からおれを追いかけた件なら、警察に事情を説明しに行きたかったんですよ」

キャラハンの口があんぐりとあいた。「まさか、認めるのか?」

「ええ、認めますよ。いつの間にか逃げおおせていたことも認めます。あの路地を走ってあの扉から入って反対側へ抜け、隣の街区の途中まで来てから警察はもう追ってこないと気づいたんです」

キャラハンの口がもとどおりに閉じ、気取った笑いを浮かべていた。エンジェルが多少は嘘をつこうとしているので、ご満悦らしかった。また人間性を信じる気になれたのだ。「そうか。あの路地の突き当たりにあった扉にかんぬきを掛けたのはおまえじゃないんだな、え?」

「扉にかんぬきを? なにを使って?」

「それに、ドラム缶の山を崩して扉をふさいだのもおまえじゃない。そうだな?」

「ドラム缶？　そういえば、うしろでなにかが崩れる音はしたけど、振り向かなかったもんで」

「そうだろうよ。ついでに路地の反対側からトラックをバックさせて入れたのもおまえじゃない。それでいいか？」

「トラックをバックさせて？　どのトラックを？　おれがどこからトラックを手に入れるんです？」

キャラハンはうなずいた。「ちょっと待て」彼は言った。「おれたちのどっちかがおかしくなったのかと思ったぜ。でも、もう大丈夫だ。おまえはまた正直にしゃべってる」

「主任警部にはいつも正直にしゃべるようにしてます」

「ほほう？　じゃ、どうして逃げたか言ってみろ」

「追いかけられたもんで」エンジェルは答えた。「だれだって逃げます。大勢の警官に追われてるとわかったら」

「身に覚えがないなら、逃げやしないね」

「それはあとになってからの話」エンジェルは言った。「あとから、〝しまった、おれはなにもしてないのに〟ってつぶやくんです。でも、あの場では、あれほどの警官に追われ、女に亭主を殺したと言われたら、逃げるっきゃありません」

「じゃ、教えてやろう」とキャラハン。「おまえはあの女が何者か知らなかったから逃げたんだ。殺した相手の女房かどうかわからなかったんだろう。最近おまえは少なくともひとりを、ひょっとしたらもっと殺してる。逃げ出したから、それがばれたんだ」

「だったら、どうしておれはもう逃げてないんです？」

キャラハンはエンジェルにゆがんだ笑みを向けた。「電話を借りていいか？　その質問に答えてやるから」

「どうぞ」

「どうも」キャラハンの口調はかなり皮肉っぽかった。彼は電話機に向かい、ダイヤルし、名乗り、パーシーという人物に取り次ぐよう命じた。そのパーシーが電話口に出ると、こう言った。「あのケインとかいう女と話したのはだれだ？　そいつに確かめろ。女がエンジェルについてなにか訊いたか。どこに住んでるか、何者か、そんなことを。わかった。このまま待つ」

エンジェルは、さっきケインとかいう女が最初に座っていた木の腕がついた椅子に座り、腕を組み、脚を無造作に伸ばした。いまのところ、おれは無実だ。キャラハンがメリウェザー殺しの件でいちゃもんをつける気なら話は別だが、それならもう話を出していたはずだ。エンジェルはさりげなく様子をうかがった。

キャラハンはやや長い沈黙のあとで言った。「そうか？　その女が？　そりゃよかった」電話に向かってひねくれた笑みを浮かべると、じゃあなと言って受話器を置き、エンジェルのほうを向いた。「さて、さっきの質問に答えるか」キャラハンは言った。「おまえが悪あがきをやめ、アリバイ工作もやめたのは、ケインとかいう女がここに来て、本署で事情を説明しておまえを自由の身にしたと言ったからだ」

「本当に？」

「そうだ。女はおまえに詫び状を出したいと言って、本署で住所を聞き出した。だが、手紙は出さず、本署を出たその足でここに現れたんだ」

「そりゃ事実ですかね？」

「事実だとも」キャラハンはカウンターを指さした。「女はこの家で酒を飲んでたな。そこにグラスがある。たぶん、女が帰ったすぐあとでおれが来たんだろう」

「ほーお」

「そこがおまえらヤクザ者の困ったところだ。自分は頭がいい、だれよりも頭がいいと思ってても、しょせんはアホなんだからな。アホだよ。おまえは刑務所でくたばるだろうよ、エンジェル。電気椅子送りかもな」

「そうかね？」

「ああ、そうだ」キャラハンは節くれだった手でエンジェルを指さした。「今日おまえはへまをした。おかげで探すべきものがあるとわかったよ。最近、おまえが一件は殺しをやったことも。いまから手をつける。おれには見つけられないっていうのか？」

「ま、そういうことさ」エンジェルは言った。「おれは人を殺さない、そんな柄じゃない。今日は動転しただけだ。あんな状況じゃだれだってそうなる」

「証拠をつかんでやるからな、エンジェル、いまに見てろ。あの路地での一件は一生忘れないぞ」

「おれをメリウェザー殺しの犯人に仕立てりゃいいじゃないか」エンジェルはあえてこの話題を持ち出した。キャラハンのほうから言わなかった理由を知りたかったからだ。

「そうできりゃ苦労はないが、あいにくタイミングが悪い。メリウェザーが殺害された時刻は正確にわかってるが、その時刻におまえは葬儀場の玄関にも入っちゃいない。この事件じゃ、おいれがおまえのアリバイ証人なんでね」

「どういう意味だ？　殺害された時刻が正確にわかるって」

「どこが気になる？」

エンジェルは、メリウェザー殺しがチャーリーの消えた死体やスーツとなんらかの関係があるとにらんでいるから気になるのだが、とりあえずこう答えておいた。「聞き捨てならない発言だからさ。殺害された時刻が正確にわかっていて、それはあんたとおれが建物の外にいたときなんだから、いまのは聞き捨てならない発言だ。どうやって正確な時刻がわかったのか、知りたくなるのが人情だろ」

「メリウェザーは電話で話していた。そのとき、〝だれか来た。あとでかけ直す〟と相手に言ってる。それから電話を切った。相手はメリウェザーに急用があったらしく、また電話したが、話し中だった。メリウェザーが刺された拍子に机の上の電話機に腕をぶつけ、受話器が外れていたせいだ。つまり殺された時刻は、被害者が電話を切ってから、かけ直した相手がダイヤルをまわし終えて話し中の信号音を聞くまでのあいだになる。これはおよそ一分間で、相手の男は時刻を覚えている。約束に遅れていて、腕時計とにらめっこしながらダイヤルしていたそうだ」

「その相手ってのは？」

キャラハンは渋い顔をした。「あれこれ訊いてばかりだな。刑事としゃべってるうちに尋問癖がついたか？」

「言わなくてもいい」エンジェルは言った。「ちょっと気になって、話につきあってただけさ」

「相手はブロックという男だ。カート・ブロック、メリウェザーの助手だ。この男はきのうメリウェザーにクビにされたか、一時解雇されたか、どっちかよくわからんが、復職を打診していたらしい。メリウェザーが電話を切ると、ブロックはすげなく断られた気分になり、人と会う約束もあったもんで、すぐ電話をかけ直したんだ」

「そいつとおれにアリバイができたな」エンジェルは言った。

「抜け目がない野郎だ。調べをつけたら、ブロックには別の線でもアリバイが証明されたよ。下宿のかみさんはブロックが部屋にいた時間を知ってたし、出かけた時間も知ってた。近所の出来事はなんでも知ってるタイプのかみさんでね」

「じゃ、おれはシロだ」

「その気になりゃ、おまえを痛い目に遭わせてやれるが」キャラハンは言った。「故意による器物損壊罪か、公務執行妨害罪ってとこだな。今日の午後、おまえは知っていようといまいと、三十七の軽犯罪を犯した。だが、おまえを軽犯であげたくない。それじゃ楽な逃げ道だ。処罰といっても、〝墓場〟（ニューヨーク市拘置所の俗称）で三十日食らい込むのが関の山だし、そこらのバーで自慢する話を仕入れる代償だとやり過ごせる。だめだね、おまえを重罪でとっつかまえたい。凶悪犯罪で。忘れられない事件、おまえが死ぬまで世間からつまはじきにされる事件でな。そう、殺しのたぐいだ。それならいいだろう」

「へえ」エンジェルは言った。「そいつはお楽しみだな」今回ばかりは無実で潔白で安全だという自信があり、のんきにほほえんだ。キャラハンはおれが起こした殺人事件を探す気でいるが、おれが最近起こさなかった重罪は殺人くらいのものだ。警察はとんだ骨折り損をするだけなのに、それを喜んでいるとはな。

「また会おう」キャラハンは言った。「街を出るな。そのうち、おまえはメリウェザー事件の証人になるかもしれん」

「わかった。どうせ行くところはない」

「シンシン刑務所くらいか」

そう言い捨てると、キャラハン主任警部はむっつりして出ていった。エンジェルは玄関ドアを閉め、リビングルームを抜けて奥へ進んだ。寝室でそっと声をかけた。「もういいよ、ミセス・ケイン。出てきても大丈夫。あいつはいなくなった」

返事がない。

エンジェルは眉を寄せた。防音室にもだれもいない。寝室のクローゼットをあけ、ベッドの下ものぞきこんだ。「ミセス・ケイン？　ミセス・ケイン？」彼は呼びかけた。バスルームを見て、サウナ（プロデューサーから譲られた）をのぞき、キッチンを見て、どこもかしこも見た。

最後に裏口のドアへまわった。その向こうの小部屋には貯水タンクと業務用エレベーターがある。もし牛乳をとっていたら配達される場所だが、そこにもマーゴの姿はなかった。

「まいったな」エンジェルはつぶやいた。「あの女、また消えちまったぞ」

12

いったい世の中にカート・ブロックは何人いるんだ？　エンジェルの電話帳によれば、マンハッタンにひとり、クイーンズにゼロ、ブルックリンにふたり、ブロンクスにはゼロだった。合計三人。

マンハッタンのカート・ブロックがいちばん近くに住んでいたので、エンジェルはまずその男に会いに行った。メリウェザーにクビにされたカート・ブロックと話したい。解雇された時期を知りたいのだ。チャーリーの死体が葬儀場に届く前だったなら、訊くことはない。死体が届いてからだったなら、ブロックがエンジェルの役に立つ情報を知っている見込みは大いにあった。

カート・ブロック一号は、西二十四丁目の通りが九番街と十番街に挟まれた街区に住んでいた。その南側は〈ロンドン・テラス〉という細長いアパートメントの建物であり、二十三丁目と二十四丁目と九番街と十番街が接する全域を占めている。この醜悪な建物から通りを隔てた場所に立ち並ぶ、そっくりに古ぼけた狭い四階建てのうちの一軒がブロックの住みかだった。みな一戸が一、二室のアパートメントに改装され、正面は家主の気分しだいで植え込みかコンクリート舗装が施され、歩道から少し引っ込んでいる。建物はニューヨーク式にびっしりと並び、一体化していた。

ブロックが住んでいる建物の入り口には植え込みと砂利が入り混じり、どこか日本風だが、どっしりしたヨーロッパ風の鉄柵のせいで雰囲気がぶち壊しだった。エンジェルが門をあけ、スレート敷きの小道を玄関まで歩き、建物に入ろうとすると、頭上で声がした。「カート！　カート、酒屋に寄るの忘れなかった？」

エンジェルは一歩下がって建物を見上げた。人のよさそうな、太めの中年女が二階の窓から見下ろしていた。女はエンジェルの顔を見ると笑みを消し、一瞬ばつの悪そうな顔をしてから言った。「あら、ごめんなさいよ。てっきりカートかと思っちゃって」

「カート・ブロックのこと？」

「ええ、そうそう」

「おれもその人に会いに来たんだ。出かけてるのかい？」

「スーパーマーケットに行ってるよ。角んとこ。じき戻るから、そこに座って待ってたら？」

「どうも」

玄関ドアの脇には低いベンチが置かれていた。そこに座っていると、さまざまなものが見えた。植え込み、柵、外の歩道、その先の車道、さらに――ふつうはニューヨークの地平線に近い――反対側の通りに立つ突き出た煉瓦造りのアパートメントの建物まで。エンジェルは煙草に火をつけた。ここの住人はカート・ブロックちがいで、これは無駄足になるかもしれないぞ。だが、せっかく来たからには確かめたほうがよさそうだ。人ちがいだとわかれば、もうここに来なくていい。

十分後に門があいて、やせた若者が食料品を詰め込んだ紙袋を両手に抱えて入ってきた。体格はエンジェルと同じくらいだが、五、六歳若そうで、たぶん二十代前半だろう。黒髪、地中海人種特有の鋭い褐色の目、高い頬骨、青白い肌。なんというか、ひところはジゴロだったとしても不思議はない優男《やさおとこ》だ。

頭上で中年女が叫んだ。「カート！　酒屋を忘れなかった?」

「ほら」ブロックは右手で持った小さいほうの茶色の紙袋を、食料品の紙袋の前で振ってみせた。窓辺の女にほほえみかける顔はやわらぎ、ずっと感じがよくなり、小賢しい印象も薄らいだ。

「そこにお客さんが来てるよ」女が声を張りあげ、エンジェルの頭のてっぺんを指さしたにちがいない。

たちまちカート・ブロックの顔から笑みが消え、まるで一面に鋼板が立てられたように、用心深い表情に変わった。ブロックは四方八方へ飛びすさる構えで、猫のようにすばしこく歩み寄ってきたものの、両手の荷物のせいでせっかくの苦心も水の泡だった。「ぼくに用があるとか?」

「きみはオーガスタス・メリウェザーのところで働いていたカート・ブロックだ」エンジェルはこの言葉を質問として切り出し、途中で考え直して、最後は決めつけた。なんとなく、ブロックに疑いやためらいを見抜かれたくなかった。

ブロックは警戒心をゆるめ、うんざりしたという顔をしてみせた。「あなたも警察の方ですね」エンジェルは頭と手をいっぺんに動かして、〝そうだ〟ともとれるしぐさをした。

「もう二度も話したんですよ」ブロックは言った。「一度は電話で、一度はここへ来たパトロール警官ふたりの前で」

「これもお役所仕事でね」エンジェルは説明した。こう言えば、だれもが当局の仕事に納得する。

ブロックも納得した。ため息をつき、紙袋の陰で肩をすくめ、そして言った。「わかりました。二階へどうぞ」

「袋をひとつ持とう」

「それはどうも。助かります」

ふたりは建物の中に入り、階段を昇った。ブロックが先に立ち、エンジェルがあとに続き、食料品をひと袋ずつ運んだ。ブロックは酒屋で買った小さな包みを届けようと、二階の表側の部屋の玄関ドアで立ち止まった。あの中年女がブロックに礼を言い、財布を探して酒代を払い、また礼を言い直すのに手間取り、その間エンジェルが持っていた袋はどんどん重みを増していった。するとことがないので、見えるかぎりの袋の中身を頭に入れた。セロリ、イングリッシュ・マフィン、卵、ラズベリー・ヨーグルト、トマト。さらに袋の底にはいろいろな缶詰が、見えないけれども腕に当たった。

ようやく酒をめぐるやりとりが終わると、ブロックはもう一階ぶん階段を昇り、鍵をいじくってドアをあけ、こぢんまりした部屋にエンジェルを招き入れた。そこは人が住んでいる場所には見えなかった。家というより待合室か楽屋、この外で始まる行事に備えて休憩したり準備したりする場所のようだ。闘いに向かう闘牛士が衣装をつけて十字を切るのは、見物席の下に隠された、こうした部屋なのだろう。大統領選の候補者が、党大会で演説を始める直前に原稿に手を入れるのも、こうした、演壇の裏の小さなドアを入った部屋にちがいない。

その部屋は実用的で、だからこそ実用一点張りだった。夜はベッドになるとおぼしき背もたれのないソファには縞模様のカバーがきちんとかけられ、オレンジ色の小型クッションが置かれている。テーブルと二脚の椅子――フォーマイカの上板にクロムメッキした脚、オレンジ色のシートつき――というシンプルなダイニングセットが寄せられた壁の脇に、白く清潔で味気ない簡易キッチンがあった。カーペットはグレーで、カーテンはオレンジと白、それ以外の家具は明るくこぎれいで実用的で面白味がなく、大まかに言えば現代デンマーク式のすっきりしたインテリアだが、もっと正確に言えば〝モーテルの客室風〟というところだ。

ブロックが言った。「買った物を片づけながら話してもいいですか？　生ものもあるので」

「どうぞ」エンジェルは紙袋をテーブルに置き、両腕で力こぶを作った。「聞いたところじゃ、きみはメリウェザーが殺される直前に電話で話したそうだね」

「はい」ブロックは冷蔵庫の扉をあけて食料品を入れ始めた。庫内はスーパーマーケットの棚のように食品が整然と並び、積まれている。「とにかく、それが警察の言い分です。ぼくが電話をかけ直そうとしたら、向こうは話し中でした」

「殺されたとき受話器が外れたせいだ」エンジェルは思案をめぐらせて煙草に火をつけた。ブロックはおれを刑事だと思い込んでる。やつが質問に答えてくれるんだから、好都合じゃないか。

だがこうなると問題は、いかにも刑事らしい質問をして、なおかつ聞きたい答を引き出せるかどうかだ。彼は〈アカプルコ・ヒルトン〉と彫られたぴかぴかのガラスの灰皿にマッチを放った。「仕事の件で電話してたんだね？」

「はい。仕事に戻ろうとして」

「そこがはっきりしないんだ。きみは仕事をやめた、一時解雇された、クビになった、このうちどれなんだ？」

ブロックは食料品を詰め終わり、冷蔵庫の扉を閉めた。「クビにされたんです」ばつが悪そうにほほえみ、肩をすくめた。「自業自得なんでしょう」彼は言い、紙袋をたたんで片づけた。

「クビにされたのはいつ？」

ブロックは、簡易キッチンを入る前のように清潔で手つかずのままにして出てきた。なんの痕跡も残さず歩く男を目の当たりにして、エンジェルは落ち着かなくなった。ぬかるみに足跡を残さなかった猫を見たようなものだ。薄気味悪い。

ブロックが言った。「ぼくはきのうクビになりました。かけてください、ええと――？」

「エンジェルだ」嘘をつく必要がない場合、ついてはだめだ。エンジェルは軽量の椅子に座った。木製の腕とフレームがつき、明るい色のフォームラバーのクッションが張られた華奢な品だ。ブロックは縞模様のソファに品よく腰かけた。細身の黒のスラックスとライムグリーンのポロシャツを身につけている。

エンジェルはブロックに言うというより自分に言い聞かせるように言った。「きのうクビになった……」ということは、メリウェザーがチャーリーの死体に処置をしていたとき、ブロックはまだ葬儀会館の従業員だったのか。エンジェルは訊いた。「きみはどうしてクビになったんだ?」

ブロックはまたほほえんだ。少年のようにさわやかな笑顔だ。「無能だからです」彼は答えた。「無能もいいところだったもので。おまけに遅刻ばかりして、仕事に打ち込みませんでした」笑みが広がり、どこから見ても大学生という表情になる。「なんとなく、死ぬまで葬儀屋をする自分は想像つかなくて」

エンジェルにも想像がつかなかった。「そもそも、葬儀会館で働き出したきっかけは?」

「ぼくはしばらくお抱え運転手をしていました。ロングアイランドのある家庭で働いていたんですが……」ブロックはさりげなく肩をすくめた。「どれも過ぎたことで、話せば長くなりますし、この件とは関係ありません。次の仕事が必要になったとき、また運転手になろうと思ったんです。タクシー会社で働くところでしたが、『ニューヨーク・タイムズ』の広告に応募してみました。その広告を出したのが、霊柩車の運転手を募集していたミスター・メリウェザーだったんですよ」

「それがきみの仕事だったのか? 霊柩車の運転手が?」だったら、残念ながらチャーリーの死体とはなんの関係もなさそうだ。

「初めはそうでした。でも、ミスター・メリウェザーがぼくに関心を持ちました。ミセス・メリウェザーもそうだったみたいです。とにかく、彼はぼくを助手にしようと仕込んでいました。ゆくゆくは共同経営者にするつもりだったのかもしれません。結局、ぼくはよろず仕事を引き受けることになりました。葬儀場の仕事はなにからなにまで」

「それでもクビになったのか？」

またブロックは笑顔と肩をすくめるしぐさを組み合わせた。「この業界を知れば知るほど」彼は言った。「嫌気が差したんです。かといって、職を失うわけにいかないので、今日ミスター・メリウェザーに電話してみました。気を静めて、ぼくを雇い直してくれないかと」

「どうだった？」

「確かめそこねました」

やっぱり、この話には裏がありそうだ。まだ表に出てこない話はミセス・メリウェザーとなんらかの関係があるにきまっている。ブロックは葬儀場で不倫でもしてたんだろうか。それともミセス・メリウェザーは、ブロックの意向にかまわず、亭主と一緒になって若者の面倒を見すぎただけだったのか。おおかたそんなところだろう。エンジェルは悦に入ったが、そんな裏事情がわかったところで、チャーリーの死体やいまいましい青のスーツには一歩も近づけなかった。そこで彼は言った。「実はね、ミスター・ブロック、おれは葬儀屋の仕事をまったく知らないんだ。だが、この事件を解決するにはちょっと勉強しなくちゃいけない。日常業務や仕事の手順、ミスター・メリウェザーの一日の過ごし方を。言いたいことはわかるね？」エンジェルはこう言いながら、刑事のイメージをぶち壊すにやけた笑みをかろうじて抑えた。刑事らしく聞こえるように、取調べを受けた記憶を探っていたので、自分ではうまくやっているつもりだった。

うまくいっているらしい。ブロックはぜひ協力したいとばかりに身を乗り出した。「ミスター・エンジェル、ぼくにわかることなら、喜んでお話しします」

「こうしたらどうかな」エンジェルが言った。「きみがミスター・メリウェザーと最後に扱った死体を例にして、作業を一から十まで教えてくれないか」

「その手の詳しい話は必ずしも喜ばれませんよ、ミスター・エンジェル」

「かまわないさ。捜査上の……」エンジェルは得意のほほえみと肩をすくめるしぐさの組み合わせで話を終わらせ、ほどなく切り出した。「きみが最後に扱った死体を例にしよう。どんな風だった?」

「最後の顧客ですか?」

「顧客?」

今回ブロックがふと浮かべた笑みは、やや皮肉っぽかった。「ミスター・メリウェザーの言い草ですよ」と彼は言った。「いまや彼が顧客ですね」

「わかった、その最後の顧客は何者だった?」

「退職警官のオサリバンだったはずです。けさ埋葬されました」

エンジェルは失望の色を隠した。「なるほど」彼は言った。「それがきみの扱った最後の死体か」

「そうですが」とブロック。「ぼくはこの死体に最後まで関わっていません。その前にクビになったんです。でも、担当した仕事も、ミスター・メリウェザーが引き継いだ仕事も説明できます。通常の作業でしたから」

「この際」エンジェルはかすかな望みを見つけて言った。「きみが最後まで関わった客のことを話してくれないか。それはだれなのか、オサリバンの前の客だね?」

「はい、それもやはり男性で、ミスター・ブロディです」

「ブロディね」

「そうです。死因は心臓発作でした。たしかセールスマンかなにかだった人です」

エンジェルは椅子にゆったりと座り直してから言った。「けっこう。続けてくれ」

「電話をかけてきたのは未亡人でした。ご主人の同僚にメリウェザーを勧められたとか。ぼくは遺体引取用の車で出かけ、未亡人と当座の段取りをつけ、医者に会い、引取チームと一緒に顧客を旅行箱におさめました」

「旅行箱ね」

「うちではそう呼ぶんです。一般の棺によく似ていますが、担架のように、端に取っ手がついています。街の業者は掃除をしやすい柳細工のかごを使うようですが、遺族はかごに押し込まれた顧客を見て腹を立てるかもしれませんから、うちでは旅行箱を使います」

「なるほど」

ブロックは考え込んでいるようだ。「ブロディには特に変わった点はありませんでした」彼は言った。「そう言えば、ひとつだけ。事故に遭って、頭から顔にかけて大やけどを負っていましたから、会葬者との対面はなかったはずです。ちなみに、ブロディに施さなかった化粧術はたくさんあります。ほかの顧客を例にしてはどうでしょう」

「いや、いや、いいんだよ。この、なんとかさんで話を始めたからには——」

「ブロディです」

「そうそう、ブロディね。ブロディの話で始めたからには、彼の話を終わらせようじゃないか。で、ふだんはもっとちがう仕事をするなら、またあとで教えてくれればいい」

ブロックは肩をすくめて言った。「それでいいのなら」

「いいとも」

「けっこうです。まず、ぼくらはブロディを葬儀会館へ運び、ひと晩冷凍庫に入れました。翌朝、未亡人がやってきて――たしか、友人たちも一緒に――棺を選び、葬儀の手配をしました。しがないセールスマンにしてはやけに大がかりな葬儀の準備をしていて、驚いたものです」

「それから?」

「それから、もちろん死体に防腐処置を施しました。実際は、葬儀の前夜にやったんですが」

「防腐処置を」

「はい。死体の血を抜いて、そこに薬液を注入します」

「静脈に」

「はい、動脈にも」

エンジェルはいささか気分が悪くなってきた。彼は言った。「で、それから?」

「それから内臓を洗浄し――」

「内臓を」

ブロックは自分の胴体を身ぶりで示した。「胃ですよ」と彼は言った。「このへんのものを」

「そうか」

「それから体腔を体腔液で満たし――」

「体腔って？」

ブロックは先ほどのしぐさを繰り返した。「内臓があったところです」

「そうか」エンジェルは言った。煙草に火をつけると、夏の家畜小屋みたいな味がした。

「どれも葬儀の前夜に施す処置です」ブロックが言った。「顧客を運んだときに。次に、翌朝を待って、遺体の修復作業にかかります」

「ブロディの女房が来たのはそのときだな」

「まあ、それは二階《アップステイアス》のお偉方のところの話です。階下《ダウンステイアス》の使用人は修復作業に明け暮れていますから。あれこれボロ隠しをして、顧客が眠っているように見せるんです。唇を縫い合わせ、化粧をして、どんな小さな欠陥も、ささいな問題も――」

「なるほど、そいつはけっこう、けっこう」

「ブロディにはこういう作業をしませんでした。会葬者との対面がなかったので」

「そうか」

「もちろん、多少は通常の手順を踏みましたが、顔に化粧をする余地がなかったんです。縫う唇もありませんでした」

エンジェルは息をのみ、煙草の火を消した。「そうか。で、それからどうなった？」

「顧客を棺におさめます。ええと、いや、まず顧客を冷凍庫に戻し、会葬者との対面、もしくは通夜、なんとでも呼んでいい行事にそなえます。それから遺体を棺におさめ、対面のために階上に運びます。ブロディの場合、通夜はありましたが、対面はありませんでした。棺の蓋は閉めてありました。とにかく、ぼくの予想をはるかに超えた人数の会葬者が来ていました。通夜にあれほどの人を集めるなんて、いったい彼はなにを売っていたんでしょう」

「それはだれがやるんだい?」エンジェルが訊いた。「遺体を棺に入れて、対面にそなえさせるのは?」

「そうですね、ミスター・メリウェザーかぼくが。ぼくがある顧客を最初から最後まで担当することもありましたし、彼が担当することもありました。たいていは仕事を分担しましたが」

「ブロディのときは?　その、一例として」

「ええと、ぼくはその顧客を引き取りに行き、未亡人と初回の打ち合わせをしました。二度目はミスター・メリウェザーが打ち合わせをしたんです。ぼくが修復をして、ミスター・メリウェザーは顧客を棺におさめて対面室に安置しました」

するとやっぱりメリウェザーがチャーリーの死体を最後に見た人間なのか。待てよ……。

エンジェルは言った。「作業中、まわりにほかの人間はいたかい?　だれかが見に来たとか」

「まさか」またブロックが大学生みたいな笑顔を見せた。「人が見たがる仕事じゃありません」

彼は言った。「だいいち、現場に素人を立ち合せるのは違法です。ああ、遺族ならかまわないでしょうが、だれも来ませんよ」

行き止まりか。エンジェルは立ち上がって言った。「じゃ、いろいろどうも。大いに助かったよ」

「帰る前に一杯どうです?」ブロックが引き締まった腹を軽く叩いた。「胃袋を満たすやつを」

体腔液。エンジェルは言った。「いや、けっこう」断ってから、キャラハンを思い出して付け加えた。「勤務中は飲めないんだ」

「ああ、うっかりしていました。では、またなにかあったら、いつでもどうぞ。喜んでお手伝いします」

「そいつはありがたい。いやまったく」

ブロックが玄関まで来て、最後にもう一度ほほえんでドアを閉めると、エンジェルは廊下を歩いて階段へ向かった。

階段を降りながら、時間を無駄にしている、取り組み方をまちがえているという気がしてきた。まずメリウェザーに取りかかり、ブロックを調べ……そう、次はどこへ行くにしろ、そっちはやめて逆方向から手をつけよう。チャーリー・ブロディ本人から。チャーリーの女房と話し、直接の上役フレッド・ハーウェルと話し、スーツに縫いこまれたヘロインのことを知っていそうな人間と片っ端から話してみよう。メリウェザー殺しはチャーリーの死体が消えた件と関係があるとしても——偶然にしてはできすぎなので、やはり関係があるとしか思えないが、それでも偶然が重なる場合もあるので、この見方はやはりまちがいかもしれない——たとえ関係があっても、やはり取り組み方をまちがえているのだ。いままでそこをよくわかっていなかったが、ブロックの線で行き詰まり、自分がどんなにまちがっていたか思い知った。

問題は、警官と泥棒の二役を演じているエンジェルが、警官役になりきっていないことだった。

共感、興味、訓練、本能のどれもが泥棒の側を向いている。逆方向からことに当たって行き詰ったのも無理はない。

そんなことを考えながら通りへ出て、左右を見て右へ曲がり、手近な十番街へ向かった。そこで角に立ってタクシーを待った。

数分が過ぎた。十番街はちょっと寂しい場所だ。しびれを切らしたエンジェルは、ついに九番街まで歩くことにした。五、六歩進んだところで、白いメルセデス・ベンツ一九〇SLのコンバーティブルが脇を走り去った。運転していたのは謎の女、マーゴ・ケインだ。黒い服を白のストレッチパンツとオレンジ色のゆったりしたセーターに着替えていた。歩道沿いの駐車スペースを必死に探していて、まったくこちらに気づいていない。

駐車スペースなどあるはずがなかった。ニューヨークにはあったためしがないのだ。エンジェルの前方の、通りの向こう側には、消火栓の周囲に駐車禁止スペースがある。マーゴ・ケインは思いっ切りハンドルを切ってそこに駐車した。車を降りた彼女は——サンダルの色はライムグリーン、ブロックのポロシャツと同じ色だ——軽やかな足どりで通りを渡り、ブロックが住む建物に入った。

エンジェルは歩道に立ち、マーゴが姿を消した戸口のほうを見ていた。「うーん」と彼は言った。この新たな展開に意味があるとしても、どんな意味かわからないし、チャーリーの死体が消えた件と直接結びつくわけでもないが、とにかく面白い。面白すぎるので、もう一度声が漏れた。

「うーん」

13

またもやドリーから手紙が来ていた。またもや履歴書の裏に口紅で書かれ、またもや玄関ドアに付け爪で留められて。

ハニー。
どこにいるのよ?
あたしに会いたくないの?
覚えてないわけ?
ドリー

エンジェルは覚えていた。浮かない顔で手紙を見て、首を振り、紙をドアからはがして、中に入った。スコッチの水割りを水なしで作り、電話機のそばに座ると、ほうぼうへ電話をかけ始めた。

まずはアーチー・フライホーファーへ。組織で売春を仕切っている男だ。電話が通じると、エンジェルは名乗ってから言った。「チャーリー・ブロディの女房に会いたいんだ」

「なんだって、ボビーに？」

「そうそう。ボビーだ」

「アル、悪いな。こっちもいろいろ考えてさ、あの女は二、三日休ませてから現役に戻すことにしたんだよ。早くて週あけになりそうだ。実を言うとな、すごい順番待ちなんだぜ。チャーリーをほめそやすついでに、あの女の懐に見舞い金を入れようってやつがごまんといるらしい」

アーチーがしゃべり出したら最後、口を挟めない。割り込むには、彼が自分から、たんに息継ぎのためにでも、話をやめるのを待つだけだ。このとき、〝らしい〟という言葉のあとにささやかな沈黙が生まれると嗅ぎつけ、エンジェルはその隙にすかさず言葉を挟んだ。「いいや、アーチー、そういうことじゃなくて。仕事の話なんだ」

「じゃ、おれはなにをしてたんだ。単語作り《スクラブル》ゲームかよ？」

「おれはミセス・ブロディと話したいんだ」

「アル、あの女はまた商売用の名前を使ってる。ボビー・バウンズだ」

「どんな名前を使っててもいいからさ、話したいんだよ。仕事の件で。ニック・ロヴィートに確かめてくれてもいい」

「確かめるだと？　おまえの話を信じるにきまってるじゃないか。向こうに会いに行きたいのか、それとも会いに来てもらいたいのか？」

「こっちから行く。彼女はチャーリーと住んでた家にいるのかい？」

「いや、ほかの女ふたりと部屋を借りた。ほら、事情がわかる仲間と一緒に住みたがるのさ」

「アパートメントのほうは？」

「前のやつか？　チャーリーの？　さあな」

「いまの電話番号を教えてくれよ、アーチー。手間を省いて、前のアパートメントで会えばいいと思うんだ」

「切らずに待て。調べてくる」

エンジェルは待った。しばらくしてアーチーが電話口に戻り、電話番号を教えてくれたので、礼を言って受話器を置いた。次に、聞いたばかりの電話番号をダイヤルした。

三度目の呼び出し音に応えた女の声は警戒心でかすれていた。「もしもし？」

「そっちにボビーはいるかい？」

「どちらさま？」

「アル・エンジェルだ。ニック・ロヴィートの代理で電話をかけてる。ボビーの死んだ亭主に関わる急用で」

「ちょっと待って」

エンジェルが再度待つと、次に聞こえたのはボビー・バウンズの声だった。「ミスター・エンジェル？」

「きのう、車に相乗りした者だよ」エンジェルは念のために言った。「前の席に」

「はい、あなたのことはわかります」

エンジェルはボビーの丁寧な口調に驚いたが、それもチャーリーが下っ端だったのを思い出すまでのことだった。あの盛大な見送りのせいで、それを忘れそうになっていた。

エンジェルは言った。「もう古いアパートメントはすっかり片づけたのか?」

「いいえ、まだ。自分の荷物は出しましたけど、チャーリーのものは全部あっちにあります」

「これから向こうであんたに会いたいんだが。このあと、あいてるかい」

「ええ、大丈夫です」

腕時計を見ると、四時半だった。「じゃ、六時に」

「なにかあったんですか、ミスター・エンジェル?」

「別に。片づけなきゃならない問題があるだけだ」

「じゃあ、あとで」

「ああ」

次に電話をかけたフレッド・ハーウェルはオフィスにいた。エンジェルは言った。「フレッド、ニックから最新情報を聞いたかい?」

「なんの最新情報だって?」

「チャーリー・ブロディのスーツの情報だよ」

「最後にその話を聞いたのは、例の会合の場だよ。ニックがあんたにあれを掘ってこいと言ってた。あれなんだがな、アル、頼むからニックに話してくれないか。スーツのことを覚えてなかったのは、おれのせいじゃないって。だれも——」

「フレッド、おれ――」

「待てよ、アル、大事な話なんだ。だれもあのスーツのことを覚えちゃいなかった。アル、おれだけじゃない、だれひとり。アル、できたら――」

「フレッド、あんた――」

「あんたはだれよりもニックと親しい。とりなせるもんなら、説明して――」

「やってみるよ」エンジェルはフレッドを黙らせたいばかりに約束した。

「だれにでも起きたことなんだ」フレッドは言った。エンジェルの話を聞いていなかったのか、彼があっさり同意するはずがないと思ったのだろうか。

「わかった」エンジェルは言った。「ニックに話す」

「ほんとか?」

「ほんとさ。あんたが口を――」

「恩に着るよ、アル」

「ああ。もしあんたが口を閉じておれに話をさせたら、ニックに伝える。おとなしくしなけりゃ、こっちも知ったこっちゃない」

「アル、すまん。勝手にしゃべりまくる気はなかった」

「ああ、なにも――」

「あれにはずっと悩まされてた。それだけのことだ。ニックはあれ以来ひとことも口をきいちゃくれないが、おれは――」

「黙れ、フレッド」

「えっ」

「黙れと言ったんだよ、フレッド」

エンジェルはその後の沈黙をあてにならないと思った。だが、十秒ほどたって、今度こそフレッドも黙り、自分が話せる番だと確信すると、口を開いた。「フレッド、あんたにチャーリーのことを訊きたいのは、まだスーツが見つからないからさ。そのスーツが見つからないのは、きのうの見送りでからの棺桶を埋めたせいなんだ」

「見送りで——。ああ、すまん」

「いいってことよ。で、ニックはスーツのありかを探せとおれに命令した。つまり死体を捜せと、要するに死体を盗んだ犯人とその手口と動機を突き止めろってことだ。だが、肝心なのは犯人だ。手口はわかった。というのも、今日、葬儀屋が消されて——」

「消され——! おっと、すまん。静かにしてるよ」

「頼むよ。おれが思うに、葬儀屋は死体の強奪に一枚嚙んでたから口封じに殺されたってところだな。だから、それが手口だが、犯人と動機はまだわからない。ところで、あんたはチャーリーをよく知ってるし、だれがなぜ死体を盗んだか教えてくれるんじゃないかと思ってね」

「なんだって? なんでまたおれが——? ええっと、話はすんだか?」

「すんだ」

「よし。で、どうしたらおれが——いや、どうしておれに死体が盗まれる理由がわかる? へロインならともかく」

「あんたはあのスーツにヘロインが入ってたのを知ってたし、死体があのスーツを着てたのも知ってたはずだ。この両方を知ってたのはだれなんだ?」

「わかりゃしないよ、アル。女房はやつが例のスーツを着てたのを知ってただろうし――あれを葬儀屋に渡したのは女房だろ?」

「そうとはかぎらないかもしれない」エンジェルは言った。「なにも――」

「そうだったとは言ってないさ」

「ああ。女房なら、死体を盗んでスーツを取り戻すまでもない。別のスーツを着せて埋葬すりゃいいんだから」

「まあ」フレッドは言った。「スーツだけが目当てなら、死体ごと盗んでいく必要はないやね。あとで死体をどう始末するんだ? ヤクを取り出したら」

「ほら、おれもそう思ってたんだ。たぶん、チャーリーの死体をかっぱらったやつは、スーツの中のヘロインとは無関係で、そこにあったことも知らなかったんじゃないかな」

「それならよくわかる」フレッドが言った。

「それがさっぱりわからなくて」エンジェルはフレッドに言った。「また電話すると思う」

「ニックに話すのを忘れないでくれよ」

「忘れないさ」エンジェルは約束したが、電話を切ると、ころっと忘れた。

グラスがからになったので、バーでお代わりを作り、カウンターにもたれて問題をじっくり考えようとした。

なぜ死体が盗まれたのか？

実験のためじゃない。その手のことはもうはやらない。いまは遺言状とかで死体を提供する時代だ。

じゃあ、スーツに縫いこまれたヘロインを手に入れるためか。ずっとそんな思いちがいをしてきたが、それもちがう。スーツだけを盗むほうがてっとりばやい。

ちがう。だれがチャーリー・ブロディを盗んだか知らないが、そいつはチャーリー・ブロディが欲しかったんだ。というより、なんとしてもチャーリー・ブロディの死体が。

なんでまたチャーリー・ブロディの死体が欲しいのか。

グラスをのぞくと、なぜか再びからになっていた。解決しようと、飲み物を作っているうちに電話が鳴った。お代わりを手にして受話器を取った。「もしもし」

「アロイシャス、邪魔して悪いけど、手間は取らせないからね。大事な話じゃなかったら電話しなかったのは、わかってるでしょ」

「えっ？」

「今夜は夕食に来られないんだろ、アロイシャス」母親は言った。「でも、あたしが知りたいのは、明日の晩はどうかってこと。買い物に行く前に訊いとかないと。なにも――」

「そんな理由で電話したのか？」

「おまえの時間を無駄にする気は――」

「明日もだめだ」エンジェルは言い、電話を切った。電話機の横にしばしたたずみ、遅かれ早かれ母親につれなくするしかないと考えていた。そうするしかない、そうするしか。遅かれ、早かれ。遅かれ、早かれ。

また電話が鳴った。

早かれ。

エンジェルは受話器を取ってひとこと言った。「カリフォルニア」

若い女の声がした。「そんなばかな。市外局番をまわさなかったのに」

「なんだって?」

「市外局番をまわさないと、カリフォルニアにつながらないのよ。どの街にも局番があって、そこにつなげるには局番をダイヤルするしかないの。わたしは局番をまわしていないから、あなたがカリフォルニアにいるはずないわ。あなたはニューヨークでしょ」

ぼうっとした頭で、エンジェルは答えた。「そうだよ。おれはニューヨークだ」

「あなた、ミスター・エンジェル・ニューヨーク?」

「そうらしい」

「実は、わたしはさっきのマーゴ・ケインよ。いま、話しても大丈夫かしら?」

「ああ、ああ。かまわない」

「ちょっと考えていたの」マーゴは言った。「今日、あなたにいろいろ迷惑をかけたことを。気がとがめてしようがなかったわ」

「気にするなって」

「だめよ、わたしは本気で言っているの。お暇なら、今夜あなたを夕食に招待したいわ。どうかしら？」

「そんなことしなくていいよ」エンジェルは言った。「貸し借りはなしだろ」

「いいえ、ぜひごちそうさせて。それくらいしかできないから。何時に迎えに行けばいい？」

エンジェルは目がちらちらしていた。彼は言った。「ええと、六時に約束があって、七時には家に戻るはずだけど、それから着替えなくちゃ」

「この約束を入れても大丈夫ね。あなたの都合に合わせて遅い夕食にしましょうよ」

「八時に」

「本当にそれでいい？　忙しくないの？」

「いや、大丈夫」

「わたしは今夜でないとだめなの。さもないと、ずっと先になってしまうわ。明日の晩はマーリーのお通夜だし、あさってはお葬式やらなにやらがあるし、その後は一日中なにも食べないから。だから、あなたさえよかったら、今夜が最高なのよ」

「おれも今夜でいいよ」

「それに、またあなたに会えるのが楽しみだわ。あのすてきなアパートメントに行くのも」

「ああ、そうかい」

「じゃあ、八時にね」

「わかった」

エンジェルは電話を切り、酒を飲み、珍しくことのなりゆきがわかったのでにんまりした。ミセス・ケインはブロックに会ったとき、刑事が訪ねてきた話を聞いたとみえる。エンジェルは本名を告げたので、ブロックもそれを教えたにちがいない。彼女は訪問者の正体に勘づき、刑事ではないとわかったのだろう。そこでエンジェルの魂胆を知りたくなり、食事がてら探りを入れようというわけだ。

ブロックのために？ そうとも。あいつと、当てにしている亭主の遺産のためだ。あの女とブロックは深い仲らしい。長いつきあいか、最近のつきあいかは知らないが。あの女は、おれが面倒を起こすかどうかを確かめたいんだ。

そのときエンジェルはまたちがうことを思いつき、もう一度「うーん」とぼやいた。ブロックが葬儀場をクビになったのは、客のミセス・ケインとの不倫現場をメリウェザーに見つかったせいかもしれない。それなら筋が通るし、タイミングもばっちりだ。ブロックと未亡人が弔花の陰でいちゃついていたところへメリウェザーが通りかかり、驚き、怒り、なにもかもブロックのせいにして、その場で彼をクビにした。

どれもおれにしちゃ鮮やかな推理だけど、チャーリーを見つける役には立たないんだよな。

「ああ、チャーリー」うんざりしきった言葉が思わず口をつく。「いったいどこにいるんだよ？ どこだ、チャーリー、どこに行っちまったんだ？」

14

チャーリー・ブロディの死後の住処《すみか》は目下のところはっきりしないが、生前の住処は世間に知られ、世間並みでもあった。チャーリーと細君が暮らしたアパートメントはマンハッタンのウエストサイド、七十一丁目のウエストエンド・アヴェニュー寄りにあり、彼はそこで黒猫が炭鉱に溶け込むように隣人たちに溶け込んでいた。近辺にうろうろしている温厚な中年男は、髪が薄くなり目が悪くなった大企業の平社員であり、この人相風体は——死ぬまでは——チャーリー・ブロディにぴったりだった。

彼のアパートメントも、この界隈のほかのアパートメントのように、ややくたびれて、ありきたりで地味だが見苦しくはなかった。リビングルームの床には模造のペルシア絨毯が敷かれている。大型のソファと、二脚のうち一脚はソファと揃いの布が張られた椅子は、近所のどこの家でもこうするという形に置かれている。テレビセット——右側にまだ使っていないレコードプレイヤー、左側にめったに使わないラジオを納めたキャビネット——はソファと向かい合っている。照明器具やテーブルは、どれもしかるべき物がお定まりの場所に置かれていた。ソファの上の壁に掛かっているのは、木の葉がオレンジ色や黄金色に染まった秋の森の泥道を描いた絵だ。これでピースの切れ目さえあれば、ジグソーパズルだったとしてもおかしくない。

もとミセス・ブロディのボビー・バウンズは、こうした品々に囲まれて声もなくすすり泣いていた。エンジェルが入っていくと、ボビーは消え入りそうな声で言った。「ごめんなさい、ミスター・エンジェル。どうにも涙が止まらなくて。ここには思い出が詰まってるんです」

どんなにありきたりな物でも、やはり特別だというわけか。

「手間は取らせないよ、ミセス・ブロディ」エンジェルは請け合った。「チャーリーの書類とかに目を通したいだけだ」

「寝室に主人の机があります」ボビーは言った。「どうぞ見てください。あたしはまだ手をつけてません。そんな気になれなくて」

「なるべく早くすませる」

寝室もリビングルームと似たり寄ったりだが、扉に鏡がついた衣装戸棚のそばの隅に、小さなロールトップデスクが置かれていた。エンジェルはその机に向かい、鍵がかかっていなかった蓋を上げ、引き出しと仕切りに詰まった書類を十五分かけてじっくり調べた。

なにもない。請求書、新聞広告の切り抜き、家賃や公共料金の古い領収書、旅行のパンフレット数枚、所得税の納税記録、個人的な手紙、ダイレクトメール。だが、チャーリーがいまどこにいるか、なぜそこにいるかを突き止めるヒントになる書類は一通もない。

問題は、そもそも犯人がなぜチャーリーの死体を欲しがるのか見当もつかないことだ。その理由さえわかれば、目鼻がつくかもしれないのに。しかし、この机の中に理由となる物はなく、理由を匂わせる物すらない。

ついでに化粧だんすの引き出しも探し、衣装戸棚の中にある服のポケットを引っくり返し、いつのまにか部屋中を探していたが、やはりなにも見つからなかった。

リビングルームに戻ると、未亡人はもう泣きやみ、おとなしく座っていた。エンジェルは彼女に声をかけた。「二、三訊きたいことがあるんだが。外で一杯やらないか？　バーで話したほうがいいだろう」

「ありがとうございます、ミスター・エンジェル。どうも親切に」

「いいってことさ」

ボビーは家中の明かりを消し、慎重に戸締りをした。ふたりは階下に下りて、七十二丁目へ向かった。そこがもよりのオフィス街なのだ。バーを兼ねた中華料理店〈大地〉でテーブルにつき、飲み物だけ注文して、思ったことが顔に出る東洋人の給仕をうんざりさせた。やがてボビーが言った。「探し物は見つかりましたか、ミスター・エンジェル」

「それが、よくわからない。ただ、どんなささいなことも役に立つからね」

「はあ、それはそうですね」

お互い、おれがなにを言ってるのかさっぱりわからないな、とエンジェルはぼんやり考えた。こうした思いにとらわれて、沈黙が長引いた。

なにしろ、どんな質問をすればいいかわからない。ボビーは亭主の死体が消えたのを知らないし、わざわざそれを教える気にはなれない。だいいち、教える理由もない。それでも、死体が盗まれた理由か、犯人について、彼女にはなにか心当たりがあるだろうか？

頭に浮かぶ質問は具合の悪いものばかり。チャーリーに敵がいるかどうかは訊けない。人に敵がいるのは死ぬ前で、死んだあとではないからだ。じゃあ、どうすればいい？

結局、見切り発車となった。「チャーリーはどこかの、その、団体に入ってたかい、ミセス・ブロディ？　ほら、友愛組合みたいなやつに」

「友愛……？」エンジェルを見る目からして、ボビーは友愛組合とはなにか知らないようだ。ハイスクールで受けた教育が邪魔をして、この世界でつきあわねばならない人間と話が通じないことがある。エンジェルは言った。「フリーメーソンとかエルクス慈善保護会とかロータリークラブみたいなものだ。またはアメリカ在郷軍人会とか海外戦争復員兵協会《VFW》とか。ジョン・バーチ協会（米国の反共極右団体）もそうかな。とにかく団体だよ」

「いいえ」ボビーは答えた。「チャーリーはあちこちに顔を出すたちじゃなかったんです。そういう人間だってことが自慢でした。たまに訪ねてきた人に、あっちの委員会に入れ、こっちの団体に入れ、あれと闘おう、これを要求しようと誘われましたけど。でも、いつもチャーリーは言ってました。〝そんなのごめんだよ。あちこち顔を出すのは性に合わない〟って。これには相手が怒り出し、唾を吐いたこともありました」

「宗教は？」エンジェルはボビーに尋ねた。「どんな宗教を信じてた？」

「それが、よくわからなくて」彼女は言った。「家族はプロテスタントの一派でした。たぶんメソジストじゃないかと。でも、主人は敬虔な信者じゃありませんでした。結婚式は届出婚だし。

ラスヴェガスの結婚式専用チャペルで挙げたんです。すごくすてきだったんですよ」

ボビーはいまにも泣き出しそうだったが、涙をこらえて飲み物にさっと口をつけた。

エンジェルは言った。「チャーリーはどんな宗教団体にも入らなかったんだね?」

「ええ。ひとつも。主人はそういうたちじゃありませんでしたから。おわかりでしょ?」

エンジェルはわかっていた。だが、せめて期待していたのだ。ふと彼は、カルト宗教にまつわる突拍子もない考えに取りつかれたのだった。ドルイド教などは、信者が死ぬと、その死体を奪って特殊な儀式をするという。たしかに眉唾物の話だが、それが事実だと判明すれば、どんなに眉唾物でもかまわなかった。

もっとも、事実ではなかったが。

話が種切れになっていた。どうにかこうにか会話を進めてきたが、もうだめだ。エンジェルは酒を一杯飲んだきりで店を出て、マーゴとの夕食にそなえるべく、タクシーでダウンタウンへ戻った。

人生は、次から次へと現れるろくでもない未亡人だな。

15

またしても手紙。

あたしに電話する気あるの?
ないの?
もう会いたくないんなら、
ちゃんとそう言って。
あたしだってぴんとくるわよ。

署名はなかったが、やはり履歴書の裏に、やはり口紅で書かれ、やはり付け爪でドアに留められていたので、いやでも送り主がわかった。

「人生は残酷だよ」エンジェルはつぶやいた。そして手紙をはがしてアパートメントの中に入った。

時刻は七時十分だった。その後の四十五分間、シャワーを浴びたり、着替えたりして、ほとんどマーゴとの夕食の支度に費やした。なにしろ、とエンジェルはつぶやいた。あの女は今日葬儀場にいたし、カート・ブロックを知ってるし、ブロックはチャーリーを最後から二番目に見た人間だから、いまはまだ仕事中だと思えばいいんだ。マーゴ・ケインとチャーリー・ブロディの死体にはなんらかのつながりがあるかもしれないぞ。

かも？　エンジェルはマジックミラー（プロデューサーのもの）の前でネクタイを直し、自分をしげしげと見て、顔をしかめた。マーゴ・ケインみたいな女が、チャーリー・ブロディの死体になんの用がある？

まあ、と彼は言い訳がましくつぶやいた。ひょっとしたらな。それだけだ。ひょっとしたらひょっとするかも。

そうとも。

マーゴは八時きっかりにやってきた。にこやかで溌剌として、オリーブグリーンのニットのワンピースを着ているとおおかた――すっかりではないが――興味が失せるほどやせて見える。口紅とマニキュアは前回ほど派手な色ではなく、鴉《からす》の濡れ羽色の髪は顔のまわりでふんわりカールしていた。

彼女はこう言いながら部屋に入ってきた。「このアパートメントがまた見たいばかりに、あなたを誘ったのかもしれないわ。こんなにすばらしい部屋は初めて」

エンジェルのうなじの毛が逆立ってきた。なんとなく、ばかにされている気がした。彼は言った。「よかったら、もう出かけようか。それとも」遅まきながらの誘い。「まず一杯やる？」

マーゴは驚いたようだ。エンジェルの口調と誘いのどちらに驚いたのか、それはわからなかった。「お酒はいらないわ」と彼女は言った。「レストランで飲めばいいわよ」

「わかった。そうしよう」

ふたりはマーゴの車に乗るまで口をきかなかった。幌を下ろしたままのメルセデス・ベンツのスポーツカーは、今回も消火栓の前にとめてあった。それを見たエンジェルが訊いた。「違反切符を切られないのかい？　こんな風に駐車して」

「ワイパーに挟まれる小さな緑色の紙のことね？」マーゴは笑ってエンジンをかけた。「うちにはあれが一杯詰まった引き出しがあるわよ」彼女は言い、縁石から車を出した。

マーゴはちょっと競争好きだが運転がうまかった。メルセデスを操ってグリニッチ・ヴィレッジの狭い通りを巧みに走り抜け、ところどころで怒りの叫びをあげる者やこぶしを振り上げる者を残し、やがてウエストサイド・ハイウェイへ続くランプを見つけ、北へ向かった。中央車線に悠然と腰を落ち着けると、マーゴはエンジェルをちらりと見た。「今夜はふさぎこんでるみたい。さんざんな一日を送ったのね」

「ああ、まさにそれがおれのしたことさ。さんざんな一日だったよ」

「ギャングの仕事で？」

エンジェルを笑わせようとしたせりふだったので、彼は笑った。「ギャングの仕事でね」素直に認めた。「ボスの物を探してるんだ」

「盗まれた物？」

「なくなったか、はぐれたか、盗まれたか。見つけたら教えるよ」

「今日葬儀場にいたのは、そのせい？　ボスの物を探していたの？」

エンジェルははっきり答えないことにした。単純な嘘――チャーリーの葬儀代金を支払いに行ったとか――をつけば、すぐに話が終わるだろうが、マーゴは彼がブロックに会いに行った理由を聞き出すつもりにちがいない。とぼけながらも慎重に答えてごまかしてやれ。そこで、エンジェルは言った。「ちょっとちがう。ギャングの仕事がもろもろあってさ」

「あら、じゃあやっぱりギャングの仕事で葬儀場へ行ったのね」

「そうは言ってない。なあ、こんな晩に葬儀場の話をするのはもったいないぜ」

「それもそうね」マーゴは言ったが、声にこもった失望感を隠せなかった。

夜もすっかり更けた。ニューヨークに人が住める唯一の季節の、美しい春の夜だ。空気が澄み、空は晴れ、通りや建物がすっぽり覆われた汚れの下で個性と色を表す季節は春をおいてほかにない。ウエストサイド・ハイウェイを北へ飛ばしていると、下の粗悪な道路ではトラックがガタガタと走り、右手にマンハッタンを、左手にハドソン川とニュージャージー州の沿岸を臨み、一九三〇年代のミュージカル映画の舞台にまぎれこんだようだ。

言うまでもなく、右手にはビール会社や運送会社の巨大な看板が並び、街の眺めをさえぎっていた。川向こうでは、車窓からでも見えるほど大きな赤いネオンの文字がS・P・R・Yとゆっくり点滅し、〝若々しい〟という言葉を作った。通り過ぎる車に乗った女たちは、ロマンティックな夢にふけっていても、夜のパノラマのど真ん中に浮かぶその一語を見て、夫たちのほうを向いて言う。「今度から言ってよ。バターじゃなくてクリスコ（菓子用ショートニング。俗語でデブの意）を使え、って」

マーゴは運転中にエンジェルから情報を引き出そうとしなくなった。ふたりは打ち解けて気楽に話し、天気や街、運転のことなど他愛のない話題に終始し、沈黙が流れても気にしなかった。七十二丁目で、ウエストサイド・ハイウェイはヘンリー・ハドソン・パークウェイになる。もう高架道路ではなく、美しく手入れされた緑の中を、右手に大きな古いアパートメント群を見て走っている。前方で川を横切っている輝く明かりは、ジョージ・ワシントン橋だ。

マーゴがどこへ行くつもりかさっぱりわからないが、エンジェルは心配ではなかった。高級車にゆったりと座ってくつろいだ。これは仕事なんだと自分をごまかすのもやめた。今日の仕事は終わった。チャーリーのことで頭を悩ますのは明日になってからでいい。

橋に着くと、車はヘンリー・ハドソンとそのパークウェイに別れを告げて、クロス・ブロンクス・エクスプレスウェイに入り、ニューヨーク市内でもぱっとしない地域を高架で通り、市の北の出口であり、州外へ続くハッチンソン・リヴァー・パークウェイに向かった。コネティカット州との州境で、道路の名前がメリット・パークウェイに変わると、エンジェルは訊いた。「どこへ行くんだい？」

「わたしの知ってる店へ。ここまで来たら、もうじきよ」

「わかってるだろうけど、また戻らなくちゃいけないんだぜ」

マーゴはさも愉快そうにエンジェルを盗み見た。「ギャングって早起きしなくちゃいけないの？」

「ときと場合によるさ」

ロング・リッジ・ロードの出口でパークウェイを出て、さらに数マイル北へ走ってから、車はようやく脇道へそれ、駐車場にとまった。その隣に、納屋を改造した〈ザ・ターキー・ラン〉というレストランがあった。

店内はどこまでも素朴だった。どこもかしこも木製で、ざらざらしていた。たくさんの車輪が天井から吊られたり、壁に掛けられたり、仕切りにされたりしていて、鋳鉄《ちゅうてつ》製玩具の会社の在庫を一カ月分まかなえそうだ。壁掛けランプとテーブルに置かれたランプが灯油ランプに見えなくても、それは設計者のせいではなかった。

口ひげをたくわえた、やたらにフランスかぶれのウェイターが言った。ご案内まで少々お時間がかかります。バーでお待ちになりますか?

そうすることにした。ウィスキー・サワーを飲みながら、マーゴは沈み込んだ。「マーリーと一緒によくここへ来たの」彼女は言った。「もう二度とふたりで来られないなんて。あんな暮らしはもうできないのね」

「ショックだったろうな」エンジェルは言った。ああいうせりふには応えるのが礼儀だ。

「ショックだったし、すごく——すごくばかげていて」彼女は言った。「すごく無駄で」

「その話をしたい?」

マーゴはややゆがんだ笑みを浮かべ、エンジェルの腕に手を置いた。「やさしいのね」彼女は言った。「ええ、ぜひ話したいわ。話し相手がひとりもいなかったから。すべて自分の胸におさめるしかなかったの」

「そりゃよくない」エンジェルが言った。この女はきっとドリーとは大ちがいだろうと、いつのまにかふたりの言葉遣いや受け答えを比べていたが、その思い込みをすぐに頭から追いやった。いくらなんでもそれはあんまりだ。

「マーリーは衣料品の会社を経営していたわ」マーゴが言った。「ネグリジェの」

「ふんふん」

「〈イヴニング・ミスト・ネグリジェ〉っていうブランド。聞いたことないかしら?」

エンジェルは首を振った。「残念ながら」

「まあ、男性には縁がないものね」

「たしかに」

「それがなれそめよ。モデル時代にショーで主人と出会ったの。初めはてっきり……。アパレル業界をめぐる悪い噂はどれも本当だったけれど、マーリーはわけがちがった。とてもやさしくて、思いやりがあって、誠実そのもの。知り合って二カ月足らずで結婚したことを、ちっとも後悔しなかったわ。そりゃあ、年の差はあったけれど、そんなこと苦にならなかった。なりっこないでしょ。愛し合っていたんだもの」

エンジェルは「ふんふん」と言って酒をあおった。

マーゴもウィスキー・サワーをひと口飲んだ。「わたしたちは街にアパートメントを持っていたの」彼女は言った。「いなかにも家があったわ。ここから遠くない、ハンティング・リッジのそばに。そんなわけでこの店を知って、ちょくちょく出かけたの。それから、マーリーの会社は西三十七丁目のロフトだった。そこが現場だったの」

「うーん？」

「マーリーは——そう、マーリーはただの実業家ではなかった。デザイナーとして仕事を始め、会社を作ったあとも〈イヴニング・ミスト〉の商品をたくさんデザインしたわ。夜に従業員がみんな帰ってからも、よくひとりで工場に残ったり、オフィスで働いたりしたものよ」マーゴは目を閉じた。「主人の姿が目に浮かぶわ。天井の大きな蛍光灯をつけて、机にかがみこんでいる。ロフトのほかの部分は暗く静まり、巻いた布地があちこちに重ねてあって」ふいに彼女は目をあけた。「消防署の現場検証では」彼女は続けた。「電気の配線系統の一部がすりへって危険になっていたそうよ。かなり古い建物だったから。あっという間にショートして発火したのね。薄手の繊細な布を、巻物から巻物へ炎がなめ尽くしたわ。スプリンクラーはちゃんと動いたけれど、それだけではだめだった。建物のほかの部分は焼け残ったのに、ロフトの内部が灰になってしまって」

エンジェルがマーゴの手を取ると、その手は冷え切っていた。「もういやなら——」

「でも、話したいの、本当に。マーリーはどちらの出口へも、そう、逃げられなかった。小部屋にこもっていたから、多少は身を守れたけれど、長くもたなかった。熱気に包まれ、炎で火だるまに——」

「落ち着いて、落ち着いて」

マーゴは話をやめ、息を詰めると、それを長々と吐き出した。「これで終わりよ」彼女は言った。「つきあわせて悪かった――」

「いいってことさ」

「本当にやさしいのね。ごめんなさい、一度は話さずにいられなかったの。もう終わったから、二度と口にしないわ」マーゴはけなげにほほえみ、グラスを取った。「今後に」

「今後に」

まもなくテーブルに通されると、マーゴは約束を守った。彼らは亡きマーリーのことはもう話さず、またもや当たり障りのない話題に終始した。一度エンジェルが彼女をミセス・ケインと呼んだとき、今後はマーゴと呼んでほしいと言われ、そのとおりにした。マーゴはエンジェルが葬儀場でしていたことを何度か遠まわしに探ろうとしたが、彼は冗談まじりに質問をかわし続けた。マーゴが化粧室に行った隙に、またしても彼女をドリーと比べてしまい、またそういう考えを押しのけて封印した。

帰りの車中は行きと同じく無難に過ごした。マーゴはエンジェルをアパートメントまで送り、ふたりは車内で握手して、楽しい晩を過ごしたことに礼を言い合った。ほんの一瞬、エンジェルはキスを求められているような気がしたが、それは夜風にあたりすぎたせい、スコッチを飲みすぎたせいということにした。マーゴはこう言ったのだ。「またお邪魔してもいい？　次は家中を見せてほしいの」

「いつでもどうぞ」

「電話するわ」

エンジェルが車を降りると、マーゴは手を振って走り去った。

残念ながら玄関ドアに手紙は見当たらなかった。いよいよドリーに見かぎられたか？　今夜は時間を無駄にするんじゃなかった。当面の問題をせっせと片づけたほうがよかったんだ。

まあいい。明日だ。

ドアの錠を開けて中に入ると、明かりがついていた。エンジェルが驚いているうちに、ふたりの男が向かってきた。手を怪しげなほど上着の襟に近づけて。あれは組織の用心棒だ。だが、表情までは見てとれず、彼らがここでなにをしているか見当もつかない。

ひとりが言った。「ニック・ロヴィートがあんたに会いたいとよ、エンジェル」

「ああ」もうひとりが言った。「いますぐ会いたいそうだ」

エンジェルはふたりの顔を見比べた。こんなやり口でニックから伝言が届くことがあるか？　これでうなずけるか？

こんな展開になってもうなずける事情はひとつしかないが、そんな事情は考えたくもなかった。

「行くぜ、エンジェル」最初の男が言い、エンジェルに近づいて肘を取った。「ちょいとドライブだ」

16

そのシヴォレーには見覚えがあった。もっとも、前回はその代物を運転したが、今回は後部座席に乗せられた。使いのひとりがエンジェルの隣に張りつき、油断なく上着の襟をつかんだ。もうひとりは運転席についた。

運転席の男はジッテルといい、エンジェルの隣の男はフォックスという。ふたりは腕が立つプロの用心棒で、ピッツバーグやシアトルやデトロイトにしょっちゅう出向いている。どちらもエンジェルとは長年の知り合いだ。

ジッテルが車のエンジンをかけるとエンストし、彼はぼやいた。エンジェルは言った。「こいつはマニュアル車だぞ。おれはゆうべ運転したばかりなんだ」

「黙ってな」フォックスがくだけた調子で言った。

もう一度エンジンをかけたジッテルは、歯を食いしばって言った。「エンジェルを片づけたら、あのケニーの野郎をかわいがってやる」

「おれのときもこんなもんだった」エンジェルが言った。「ケニーのせいじゃない」

「黙れ」フォックスが言った。「さもないと、頭をかち割るぞ」

エンジェルは彼を見た。「仲間だと思ってたのに」

「仲間なら犬を飼ってら」

ジッテルはもう一度車を出した。恐る恐る縁石から離すと、ローギアでアップタウンへ向かった。

エンジェルはフォックスに言った。「ギアチェンジしたほうがいいってあいつに教えていいか?」

「もうたくさんだ」ジッテルが言った。「ほとほといやになった」彼はエンジェルのアパートメントから二街区しか離れていない縁石に車を寄せ直した。

フォックスが言った。「おい! 気は確かか? まずこいつをニックんとこへ連れてくことになってんだぞ。だいいち、ここは安全な場所かよ?」

ジッテルは車を降り、後部座席のエンジェルの側のドアをあけた。「降りろ、この野郎」

エンジェルはチャンスをうかがいながら、ゆっくりと外に出た。

ジッテルはエンジェルの手に車のキーを押しつけた。「そんなに利口なんだからよ」彼は言った。「おまえが運転しな」

エンジェルはキーを見た。背後でフォックスが言っている。「ジッテル、そんな手はずじゃねえだろ! 標的に車を運転させる法があるか!」

「黙れ」ジッテルはフォックスに言った。「さもないと、おまえがひどい目に遭うぜ」エンジェルにはこう言った。「運転席に移れ。おれたちゃうしろに座る。おまえは妙なまねをするほどばかじゃねえ」

「とにかくニックに会うまではな」エンジェルは言った。「どこへ行くことになってるんだ？」

「修道院だ」

「わかった」

三人とも車に戻り、今度はエンジェルがハンドルを握って再び北へ向かった。今回はいくぶん車に慣れていて、アップタウンまでの道中で二度しかエンストさせなかった。

修道院は東百七丁目の古い店舗の中にある。以前はユダヤ人の小さな仕立て屋が入っていたが、近所の子どもたちに放火されたのだ。大家は次の借り手をなかなか見つけられず、ようやく法人組織ジーザス・ラヴズ・ユー伝道所という、アルコール依存症患者に温かいスープやちぐはぐな靴を与えるのが専門の末端組織に貸せてほっとしていた。このあたりは、住民が警官を見ただけで窓から瓶を投げ、ゴミを投げ、家具を投げ、お互いを投げる界隈であり、鼠の数は人間の数より多く、鼠が赤ん坊をかじっては増え続ける界隈であり、ソーシャルワーカーが話題にしたがらない界隈なので、そこに店先修道院ができても不思議はなかった。実のところ、法人組織ジーザス・ラヴズ・ユー伝道所が組織の隠れ蓑だとは大家でさえ知らなかった。

スラムの麻薬の売人にとって、伝道所の給食施設以上に安全な場所はあるまい。客は帰宅しなくても注射できる。また、この伝道所にもほかの伝道所のように共同寝室があるので、注射したあとも帰らなくていいのだ。

エンジェルがこの伝道所の向かいに駐車し、彼とジッテルとフォックスは車を降りた。三人はエンジェルを真ん中にしてゴミが散らかった道路を渡り、伝道所に入った。

道路に面した窓には漆喰が塗られ、そこに伝道所の名前が赤ペンキのぶるぶる震えるデザイン文字で書かれていた。玄関ドアの張り紙——ワイシャツの袋に入っていた厚紙に油性鉛筆で書かれたもの——が綴りのミスを連発しながら住民に知らせているのは、毎週金曜日と土曜日の夜十時にオルガン演奏と賛美歌の会を開くことだった。どなたでもおいでになれます。

足元がおぼつかないアルコール中毒患者が五、六人ほど入り口にたむろしていて、召されはしたが選ばれなかった者たちという体をなしていた。中では少なくとも二十人あまりの同類が、ドアのすぐそばの細長い大会議室で折りたたみ椅子にだらしなく座っている。壁のあちこちに聖書の引用句が貼られ、突き当たりには、一段高くなった演台に聖書台と小型の電子オルガンが置かれていた。

この場所は組織の隠れ蓑であるばかりか、れっきとした伝道所でもあり、ニューヨークのほかの伝道所に負けないほど大量の温かいスープとちぐはぐな靴をストックしている。こうした品々を配るカウンターは左側の壁の前にあり、不良少年たちが死ぬほど退屈した顔で、やる気なさそうに持ち場についていた。

部屋の向こう側のオルガンのそばには傷んだ茶色のドアがあった。そこには表側の窓に赤い字で名前を書いた、震える手によるとおぼしき筆跡で、金色のデザイン文字が書かれていた。

事務室

ノックしてから入ること

ジッテルはノックもせずにこのドアをあけて中に入った。エンジェルが彼に続き、フォックスはうしろについた。会議室を通り抜けても、注意を払う者はいなかった。伝道所の常連客は詮索好きではないからだ。

事務室は狭くてむさくるしい部屋で、中古の事務用家具だらけだった。そのほとんどに、デニス・オキーフ（犯罪映画で有名な米国の俳優）さえ着なくなった型のピンストライプの青いダブルのスーツが詰まった段ボール箱が置かれている。そして、白いカラーと黒い祭服とのんべえの赤鼻を身につけた、ぶくぶくに太ったむさくるしい男が机に向かい、ちびた鉛筆で黄色い紙に足し算をしていた。彼は靴に泥をつけ、服に埃をつけ、肩にふけをつけたまま、この伝道所を運営していた。「かまうもんか」男の声が伝わってきた。「うちの支援金がどこから来ようが、ほかにどんな使い方をされようが。犯罪が金を生むとしたって、その金が主の務めに使われるなら、ほかのことはどうでもいいんだ」珍しく完全にしらふのときを除けば、男はたいてい自分の言葉を信じていて、組織のすね者が送り込まれた場合よりずっとうまく伝道所を切り盛りしていた。人をだますには正直がいちばんだ。このばか者は名前をクラバーといい、本人は牧師と呼ばれたがる。

このときエンジェルもほかのふたりも、クラバーを牧師ともなんとも呼ばなかった。彼が計算から顔を上げ、とろんとした目で眺めるところを、三人は横を通り過ぎ、散らかった事務室を抜けて、反対側のドアから隣室に入った。その部屋は黒く塗られていた。

真っ黒に。壁も天井も、防音設備にも黒いペンキが塗られている。床も黒いリノリウムだ。部屋の真ん中に黒い木製のダイニングテーブルと四脚の黒い椅子が置かれ、その上の天井に二十五ワットの裸電球が三個付いた照明があった。ここでは壁に向かって叫ぼうが床に倒れて血を流そうが、かまわないというわけだ。

ニック・ロヴィートと、もうひとりの男がテーブルについていた。猫背でおどおどしている五十代の負け犬だ。男はエンジェルの顔を見てから、さっと目をそむけた。見るからに生まれながらの負け犬。商売をして、倒産し、保険金目当てに店に火をつけたあげくに自分が焼け死ぬだけ、という感じだった。

ニック・ロヴィートはエンジェルを指さした。「こいつか?」

「はあ」

「ちゃんと見ろ。念のためだ」

小男はエンジェルを見た。その目はエンジェルではなく自分が窮地に立ったかのように哀願している。男を見て商売と火事を連想したエンジェルは、マーリー・ケインもこんな風体だったのだろうかと考えたが、答はノーにきまっていた。こんな野郎がマーゴ・ケインみたいな女と結婚してる? ありえないね。

そんなことはどうでもいい。いまは差し迫った問題を考えなくちゃならない。たとえば、ニックが言っていることだ。「こいつを見ろ。この面《つら》を見るんだ。こいつなのか、それともおまえはおれに無駄手間をかけさせてるのか?」

「こいつです」

「わかった」

エンジェルは言った。「なんの話です、ニック？」

ニック・ロヴィートは椅子から立ち上がって、テーブルをまわり、エンジェルの顔をひっぱたいた。「目にかけてやったのに」彼は言った。「せがれ同様に。いや、もっと」

「こんな目に遭ういわれはありません」エンジェルはニック・ロヴィートに言った。これまでになく抜き差しならないはめに陥ったとわかり、その理由はわからなくても、如才なく振舞うくらいのわきまえはあった。ニックに平手打ちされたあとがひりひりするが、そんなものはなんでもない。

ニック・ロヴィートが小男に話している。「よし、用はそれだけだ。帰れ。片はついたと仲間に言っとけ。あとは黙ってろ」

小男は椅子から下りるように見えた。そして、鉛筆でつつかれていた蜘蛛のようにちぢこまっていく。彼は目をぱちくりさせ、唇をなめなめ、エンジェルもだれも見ず、いちもくさんにドアをめざした。

小男が出ていくと、エンジェルは言った。「なにを怒ってるんです、ニック。そもそも、おれはあんな男を見たこともない」

「二度とおれの名前を口にするな」ニック・ロヴィートは言った。「おれもおまえの名前を口にしない。おまえみたいな、欲の皮の突っ張ったチンピラをここへ連れてこさせたのも、じゃあなと言いたかったからさ。じゃあな」

「おれがなにをしたっていうんですか」エンジェルは言った。「おれは四年間あんたの役に立ってきた。それに見合った扱いを受けて当然なのに」

ニック・ロヴィートは顔をしかめ、すがめをして一歩下がった。「往生際が悪いな」彼は言った。「それとも、おまえにはもっと弱味があって、これがどの件かわからないってのか？　そういうことか？」

「あんたを怒らせるようなまねはしてません、ニック」エンジェルは言った。「一度だって」

二発目の平手打ちは一発目よりこたえた。手の甲でひっぱたかれたのだ。「二度とおれの名前を口にするなと言ったろうが」

エンジェルは口の隅ににじんだ血を吸った。「あんたとは正直につきあってきたのに」

「ひとつ教えてくれ」ニック・ロヴィートが言った。「スーツは見つかったのか？　見つかったのにひとり占めしてるのか？おまえがやりそうなこったな」

「どっちかの頭がおかしいんだ」とエンジェルが言うと、今度はこぶしが飛んできた。彼は頭を動かして、鼻のかわりに頬でパンチを受けた。

フォックスが言った。「ニック、こいつに傷をつけないでくださいよ。まだよそへ運ぶんだし」

ニック・ロヴィートはこぶしをさすりながら、また一歩下がった。「そうだな。かっとするんじゃなかった」

エンジェルは言った。「おれがなにをしたっていうんですか。教えてくれてもいいでしょう」

「なんで時間の無駄をする？　おれを説得できないんだから、あきらめな」

「おれがやったことをちゃんと言ってほしいだけです」

ニック・ロヴィートはかぶりを振った。「がんばるもんだ」彼は言った。「おまえのそういうとこを買ってたよ、そのがんばりを。ちゃんと言えってのか？　あのなんとかいう野郎、ローズがここにいても、おれを丸めこめると、逃げ切れると思ってたのか。ようし、チンピラ、言えっていうなら言ってやる」

エンジェルはこれほど必死に耳を傾けたためしがなかった。

「おまえはおれの名を騙《かた》った」ニック・ロヴィートが言った。「おれとのコネを悪用した。あのローズみたいな堅気の商売人のところへ行って、連中をゆすったんだ。〝おれはアル・エンジェルだ〟とおまえは言った。〝ニック・ロヴィートと組んでる。ニックのことは知ってるな。おとなしく金をよこさなきゃ問題を起こすぜ。組合の問題。ゆすりの問題。サツの問題。もろもろの問題をな〟これがおまえの言ったことだよ、こんちくしょう。おまえこそ組織ん中であくどい儲けをしてたんじゃねえか」

エンジェルはかぶりを振った。「やってない」それがどれほどゆゆしいことかわかっていた。私利私欲のために組織の名を脅しに使うとは。これ以上ゆゆしいことといえば、ニックをボスの座から引きずり下ろすことぐらいだ。組員がこぞってボスになろうとしたら組織は成り立たないし、組員が欲をかいてばかりいても組織は成り立たない。だから、いま疑いをかけられている件は、額に汗が噴き出し、脇に下ろした両手がぶるぶる震え出すほどの一大事なのだ。

ニック・ロヴィートは言った。「おまえをここへ連れてきたのは、嘘八百を並べさせるためじゃねえ」

エンジェルは言った。「嘘なんかつきませんよ、ニ——。つきませんって。ローズって男に会ったのはあれが初めてです」

ニック・ロヴィートは首を振った。「じゃ、やつはなんであんな話をするんだ？ なんでおまえをとがめる？ なんでおまえを見分けられる？ おまえがやつに会ったことがなくて、やつもおまえを知らないなら、そんなやばい橋は渡らねえだろうが」

「それはなんとも。わかってるのは、おれはいつもあんたに百パーセント尽くしてきたことだけです。いつかそれがわかるはずだ」

フォックスは笑い、ジッテルはバイオリンを弾くまねをした。

エンジェルは言った。「おれは最後まで義理を守ります。キャラハンがおれを見張ってるんで、じきに居場所を訊きにくるでしょう。やばいことになりますよ」

ニック・ロヴィートはにやりとして首を振った。「おまえが殺し屋なら話は別だ。サツも殺し屋をバラしたやつを探すような時間の無駄はしない。そういや、今夜からおまえは殺し屋だぞ」

「おれが？」

「おまえはハジキを持って出かけ、ウィリー・メンチックっていう与太者を殺ったのさ。ニュージャージーで、やつがボウリング場を出たところだ。やつを撃ち、ずらかる途中でハジキを落とした。いまごろサツがそれを手に入れて、おまえの指紋がべったりついてるのを見つけるだろうよ」

これは夢だ、とエンジェルはいよいよ思い込んだ。「おれの指紋?」

「しみったれと呼べばいい」ニック・ロヴィートは言った。「おれは物を捨てないたちでね。おまえがコネリーを撃ったハジキとかな」

「あれをとっておいた?」

「冷凍庫にしまっておいたら、指紋ひとそろいがきれいに残った。朝までには、キャラハンが殺しの逮捕状を手にして、おまえを探してるだろうよ。明日の夜にはおまえを見つけて、消してるな。目撃者なし、疑問なし、証拠なし。おまえのために裁判で時間と金を無駄づかいするまでもない。やつはこの件からすっぱり手を引いて、ほかの事件に頭を使うさ」

たしかに。そんな風に考えまいと、この三十分間の出来事はなかったことにしようとエンジェルは首を振ったが、無駄なあがきだった。

ニック・ロヴィートはエンジェルに敬礼するまねをした。「じゃあな、チンピラ」彼は言った。

「じゃあな、ちゃちな二流のろくでなし」

「ニック――」

「連れてけ」

ジッテルとフォックスがエンジェルを挟み、肘の真上をぐっとつかんだ。彼自身、何度もやってきたつかみ方で。ふたりはエンジェルを黒い部屋から連れ出し、目をぱちくりさせたばか者がいる事務室を通って大会議室を抜け、通りに出ると、車のほうへ渡った。

ホイールキャップが全部消えていた。ラジオのアンテナも。テールライトのガラスも。グローブボックスの中身は盗まれ、後部座席はナイフで切り裂かれていた。

ジッテルはひっそりした通りをきょろきょろ見まわした。「ガキどもめ。遠慮もなにもありゃしない」彼はエンジェルに言った。「またおまえが運転しろ」

フォックスが言った。「気は確かか?」

「エンジェルは妙なまねはしねえ。なあ、エンジェル?」

エンジェルはするつもりでいたが、口ではこう言った。「するもんか。あんたたちは知り合いじゃないか」

「そうだよ」とジッテル。「こいつはおれたちの同情を引こうとし、友情につけこみ、買収しようとするが、小ずるい手は使わない。そうだろ、エンジェル?」

「わかってるじゃないか」エンジェルが言った。

フォックスは言った。「おれは怪しんでる。そこは承知しとけよ」

三人はまた車に乗り、エンジェルが運転席に、ほかのふたりが後部座席についた。フォックスは銃を構えているところをエンジェルに見せ、ジッテルはまたもや心配無用だとフォックスに言った。エンジェルが次の行き先を訊くと、ジッテルは答えた。「トライバラ橋だ。百二十五丁目まで行け」

「わかった」

エンジェルはじっくりチャンスをうかがった。運転に集中し、しょっちゅうギアを切り替え、腕力で車をアップタウンまで押していったようなものだ。おまけに、後部座席のジッテルとフォックスに怪しまれないよう、ふたりとしゃべりもした。ジッテルが話したとおりのやり口で、これまでのつきあいに触れ、彼らの同情を引こうとし、賄賂を送る用意もあると匂わせた。だが、どれをやっても効果てきめんとは思えなかった。こうなったら、どこかでこのふたり組から逃げ出すしかない。

トライバラ橋の料金所は橋の真ん中にある。ジッテルとフォックスもまさか料金所の横で発砲しないだろう。エンジェルはそこで車を降りて逃げ出そうかと思案したが、問題は逃げていく「先」がないことだった。料金所が地上にあるなら逃げてもいいが、橋の上でにっちもさっちもいかなくなるのはごめんだ。

橋を渡ると、グランド・セントラル・パークウェイへ向かうよう命じられた。くねくねと曲がりながらクイーンズを走っている道だ。「ロングアイランド・エクスプレスウェイまで行け」ジッテルが言った。「それからエクスプレスウェイを東だ」つまり、ニューヨーク市を離れてロングアイランドに出ることになる。

グランド・セントラル・パークウェイは道の両側に木が植えられ、中央分離帯がある。いまは午前一時をまわったところで、両方向とも交通量が少ない。

エンジェルはじっくりチャンスをうかがった。片側三車線の左奥に陣取り、時速約四十マイルで車を走らせていた。様子をうかがい、運転しながら、後部座席のふたりとしゃべっているうち、ついに条件が整った。どの車線にも車は一台も走っていない。道は一直線に伸びている。すぐ前方に陸橋はない。

エンジェルはギアをニュートラルにして、ドアをあけ、中央分離帯に転がり出た。飛び出すとき、だれかが「おい！」と叫ぶ声がした。

時速四十マイルで芝生に激突するのはものすごい衝撃だった。ボールのように体を丸めて車を飛び出したエンジェルは、芝をごろごろ転がり、引っくり返り、だんだん勢いをなくして植え込みの真ん中であおむけに倒れた。

やっとの思いで起き上がると、めまいがしてちょっと気分が悪かった。前方を遠ざかっていく黒のシヴォレーは時速二十マイルほどに減速したが、止まるどころか、まだ動き続けていた。ふらふらと中央車線へ寄ったものの、けっこうまっすぐ走っている。ケニーはホイール・バランスの整備と車体前部の調整などを頼まれそうだ。

後部座席のジッテルとフォックスの姿がエンジェルの目に浮かぶようだった。ふたりとも運転席へ移ろうとあがき、席を乗り越えようとしては相手の邪魔をし、わめいては飛び上がってエネルギーの無駄づかいをしているのだろう。

そういう自分は時間を無駄にしている。

まったくだ。エンジェルは立ち上がり――全身の三十箇所くらいで筋肉痛が起きているようだ――中央分離帯をよろよろと歩き、東へ向かう車線を渡り、反対側の芝生をフェンスまで歩いた。フェンスを乗り越え、クイーンズの暗い通りに着くと、死に物狂いで走り出した。

17

マンハッタンの電話帳に、ローズという名前は六段ぶん載っていた。クイーンズの電話帳には三段と半分だ。けれども、エンジェルが探しているローズその人は、ブルックリンかブロンクスに住んでいる可能性も大きい。それともロングアイランドに。またはウエストチェスター。あるいはスタテン島。もしくはニュージャージー。でなければコネティカット。はたまた月に。

二冊の電話帳を閉じてテーブルに戻ると、コーヒーはぬるくなり、チーズデニッシュは固くなりかけていた。エンジェルは腰を下ろし、浮かない顔でデニッシュを一口かじり、食べながら窓の外を見た。

そこはクイーンズの三十一丁目にある終夜営業の食堂で、グランド・セントラル・パークウェイから半マイルほどの場所にあった。エンジェルはこの店まで全速力で駆けてきて、しばらく隠れていた。もう十五分もいるのに、これからどうすべきか決めかねている。

わかっていることはほんの少しだが、その少しには、はめられたという紛れもない事実が混じっていた。あざやかに、さわやかに、滑らかにはめられていた。たんにはめられただけでなく、赤の他人にはめられたのだ。おまけに、あの会話を聞きまちがえていないなら、犯人は赤の他人の一団ではないか。ローズという小男は仲間を代表していただけだったのだ。

ニックは、ローズみたいなとんまがしゃべった根拠のない言葉を真に受けたのか？　まさか。ニックなら、同じ話をするほかの商売人の名前を聞き出して裏を取るはずだ。その連中が口を揃えて同じ話をしたにきまっている。

つまり、赤の他人の一団がエンジェルという男をはめようと急に思い立ったわけだ。しかし、赤の他人の一団がどうしてそんなことをしたがる？

それも、商売人だっていうのに。まっとうな市民だぞ。いかれた野郎でもなく、おどけ者でもなく、敵対組織でもなんでもない。夫であり父であり、会社の経営者であり、納税者でもある、こうした連中がある日突然、なぜかやっきになって見知らぬ男を密告しようとした。

なぜだ？

エンジェルはさめたコーヒーをすすり、食堂の窓からがらんとした暗い通りを眺めて、その疑問とチーズデニッシュを同じくらいよく嚙みしめた。デニッシュには歯が立つようになってきたが、疑問のほうは埒があかなかった。

チーズデニッシュが消え、コーヒーカップに残ったのはかすばかりになると、心が決まった。疑問はしばらくあとまわしにして、当面の問題を考えよう。

たとえば、ここはどこだ？

アパートメントには戻れない。それはわかりきっている。ニックの手下はいないとしても、サツが張っているだろうから（つい忘れそうになるが、警察にも追われるとますます面倒になる。

警察はウィリー殺しの容疑でもうおれを追っているか、もうじき追い始めるだろう。ただでさえトラブル続きだってのに！）。やっぱり、アパートメントは立ち入り禁止区域だ。実家も。それどころか、いままで出入りしたところはどこもかしこも。

エンジェルはふとドリーのことを考えた。いまでも友達のロクサーンを通じて連絡を取れるはずだ。だが、ドリーがあんな風に手紙を外に置きっ放しにしていれば、危険な輩《やから》に盗まれるのがおちなのだから、彼女もいつか必ず見張られるだろう。

所持金は？　四十ドルあまり。ふだんより少ないのは、今夜コネティカットの店で夕食代を払わせてくれと言い張ったせいだ。朝になったら、腕時計を質に入れてもいいが。

捨て鉢になった一瞬、エンジェルは自首することも考えた。身柄の保護と情状酌量とを引き換えに、ひと働きしてもいい。ヴァラキ（一九五九年にＦＢＩと司法取引したマフィア）をまねて。もっとも、ウィリー殺しの濡れ衣を着せられたと警察を説得できる見込みはない。つまり、この先一生――長くても短くても。短そうだが――をムショで過ごすことになる。だったら、死んだほうがましなくらいだ。

いやだ。ほかにも手はあるはずだ。もっといい手が。

じゃあ、整理しよう。物事に順番をつけるんだ。第一に、しばらく身を隠せる場所を探すこと。第二に、はめられた理由を探り出すか突き止めるかすること。第三に、これはでっちあげだとニックになんとかして証明すること。

「ほかに注文は？」

ウェイトレスだった。がっちりした体にふさわしくむっつりした女で、白い制服姿がサディストの看護婦みたいに見える。エンジェルは彼女を見て首を振った。「勘定書を頼む」

ウェイトレスはトランプの切り札でも出すように勘定書をばしっとテーブルに叩きつけ、意気揚々と引き上げた。エンジェルはチップを五セント置き、カウンターの男に支払いをして店を出た。

通りの角にタクシー寄せがあり、空車のライトをわびしく灯した一台がぽつんととまっていた。運転手は目の前で『デイリー・ニューズ』紙を開いてだらしなく座っていた。帽子もかぶり、耳に鉛筆を挟み、ガムまで噛んでいる。

エンジェルは歩道に立ってぐずぐずしていた。行き先を思いついたら、あのタクシーに乗れるんだが。だが、まずは行き先を、おれは行けても、だれもおれを探そうと思わない場所を考えなくちゃならない。知り合いの家か、空き家でも――。

わかったぞ。

エンジェルは指をぱちんと鳴らし、一縷《いちる》の望みが背筋を駆け上がって暗い気分がつかの間晴れるにまかせた。第一部は解決した。残るは二部と三部だ。

タクシーに近寄り、後部座席に乗り込んで言った。「マンハッタン。西七十二丁目」

運転手がのろのろと振り返った。「マンハッタン？　お客さん、そりゃ地下鉄に乗りなよ。タクシーじゃ金がかかりすぎるって」

「急いでるんだ」

「マンハッタンは好かないね」運転手は言った。「クイーンズのどっかに行きなよ。クイーンズならどこでもいい、言ってみな」

「乗車拒否はできないぞ」エンジェルが言った。「法律違反だ」

「強情を張る気だな？　クイーンズの住所を言ったら、そこへ連れてくからさ」

「よし。じゃ、もよりの警察署」

運転手は渋い顔をした。「えっ、おれを放り込む気か？」

「わかってるじゃないか」

運転手はため息をつき、新聞をたたんで前を向いた。「強情っ張りは嫌いだよ」

エンジェルは煙草に火をつけ、運転手の首筋に煙を吐き出した。「ツイてないね」と彼は言った。それがいまの心境だった。

車を出すと、運転手は世界最速の男に仲間入りした。急いでエンジェルをマンハッタンへ運び、Uターンして、さっさと愛するクイーンズへ戻ろうというのは見え見えだ。

タクシーは三十一丁目を飛ばしてノーザン・ブルヴァードに出て、クイーンズボロ橋の入り口まで進み、橋を渡り、三番街を走って六十六丁目に出てからセントラル・パークの反対側へ突っ切ってブロードウェイに向かい、ブロードウェイを北へ進んで西七十一丁目へ、そこからエンジェルが告げた住所でとまった。目的地までゆうに一街区ある場所だ。

料金メーターは一ドル八十五セントを示していた。エンジェルは運転手に二ドル渡してお釣りを待った。運転手は信じられないとばかりに顔をしかめてお釣りを渡した。エンジェルは十五セントをポケットにしまい、タクシーを降りてドアをばたんと閉めた。運転手が腹立ちまぎれの言葉をかけたが、車はすでに猛スピードで走り出していて、はっきり聞き取れなかった。それでも、だいたいの意味はわかったが。

エンジェルは近くの建物の階段を昇り、タクシーがずっと向こうの角を曲がるのを見届けると、また階段を降り、その街区を歩いてめざす建物に着いた。入り口のドアはあいていた。だれにも会わずに階段を足早に昇り、あるドアの前で立ち止まった。チャーリーが住んでいた部屋だ。

ここならばっちりだ。チャーリーの女房はあと数日は来ないだろうし、ほかの人間も現れないだろう。おれはチャーリーと親しくなかったから、このアパートメントを思いつく者はいない。安全でくつろげるここなら、二部と三部の解決に取りかかり、はめられた理由と、罠から抜け出す方法を考えられる。

玄関ドアはやはり施錠されていたが、エンジェルは計画を中止する気になれなかった。この階に並ぶほかのドアを見たり、前に訪れた際の室内の様子を思い出したりして、どのあたりまでがチャーリーの家か見当をつけると、階段を昇りきって屋上へ行った。

夜はまだ美しく、コネティカットへドライブしたときと変わらなかったが、いまは景色を眺めている場合ではなかった。屋上を突っ切って奥の壁に近づくと、らせん状の非常階段の最上段が見えたので、そこから下をのぞいた。すると、各階に広い踊り場があり、ふたつの窓までつながっていた。隣り合うアパートメントにひとつずつだ。二階下の右側の窓が、チャーリーの家の窓らしい。正確には、寝室の窓だ。

非常階段をゆっくり降りながら、エンジェルはくよくよと考えた。このところ、いつもと勝手の違う犯罪に手を出しまくっている気がする。墓荒らし、トラック泥棒、今度は不法侵入。グランド・セントラル・パークウェイを歩いたのも違法行為だ。時速四十マイルで走る車を放り出したのも違法だし、さっきは刑事になりすますところだった。

「たいしたもんだ」彼はつぶやいた。「おれは暗黒街の万能人間になってきた」

問題の窓はドアと同じく施錠されていた。しかし、エンジェルはさっさと行動を起こした。この窓の上半分には小さなガラスが六枚はまっている。靴を脱ぎ、そのかかとで下段の真ん中のガラスを割った。錠に近い一枚だ。大きな音がしたが、一瞬だったので、だれも気にしないだろう。ニューヨークの住人は、騒音が三十分くらい続いてようやく不審に思い始める。そんなときも、大部分の者はわざわざ様子を見にこないはずだ。

エンジェルはとがったガラスの縁から手を入れて窓の留め金を外し、下の窓を押し上げ、枠をよじ登って部屋に入った。窓を閉めてブラインドをきちんと下ろし、手探りで部屋中を歩き、いろいろな正体不明の固い物に何度もすねをぶつけた。やっと真向かいが戸口だとわかり、その横に電灯のスイッチを見つけた。スイッチを押すと、頭上の照明がつき、ボビー・バウンズ・ブロディがベッドに起き上がった。「ミスター・エンジェル、びっくりしたわ」

エンジェルはボビーを見てまごついた。「てっきり」と彼は言った。「引っ越したものと思って」

「場所が変わるとよく眠れなくて。いずれマージやティンカーベルと暮らさなくちゃいけないんですけど、当分ここにいたいんです。思い出と一緒に。今夜あなたとここに戻ってきたら、楽しかったころを思い出しちゃって、まだ引っ越す気になれないのが身にしみました。だから、ここにいるんです」

エンジェルはうなずいた。「ここなら落ち着くんだな」

「ミスター・エンジェル、どうしてドアをノックしなかったんですか?」

「だれもいないと思ったんだ」

「合鍵を渡したのに。アーチー・フライホーファーに電話さえしてくれたら、あの人が用意したでしょう」

「こみいった事情があるんだよ、ミセス・ブロディ」

ボビーはかぶりを振った。「ミセス・ブロディなんて呼ばないでください」彼女は言った。「それはもうあたしの名前じゃありません。あたしはそのことにも慣れなくちゃ。これからはボビーって呼んでください」

エンジェルはボビーを見た。淡いグリーンの毛布を首まで引き上げ、気さくだが目はしがきくほうではない顔でひたむきに彼を見つめている。「わかったよ、ボビー」彼は言った。「話し相手が欲しいんだ。信用できる相手が。あんたにそうなってほしい」

「あら、ミスター・エンジェル」ボビーの目は驚きと喜びと好奇心が混じり合って見開かれた。「ここに座って」淡いグリーンの毛布からむき出しの片手が現れ、ベッドを叩いた。「ここに座って、全部話してちょうだい」

エンジェルはベッドの裾のほうに腰を下ろした。「早い話が」と彼は言った。「おれははめられたんだよ。二重の罠だった。ニック・ロヴィートとデカたちとの」

「なんてひどい」

「まったくだ。ニックがじきじきにデカを使った罠を仕掛けたのさ。ふたり組がおれを消してから、その証拠が残らないように」

「あなたを消す？　ミスター・エンジェル、まさかそんな」

「そのまさかさ。ニックはゆうべ幹部会に電話して了解を取ったにちがいない。だから、ほかにも罠を仕掛けるしかなかったんだ」

「えっ？」

ふと気がつくと、エンジェルはボビーに話すのをやめて、自分に言い聞かせるようになっていた。彼は首を振った。「ずばり言ってみよう。どこかの連中がニック・ロヴィートを利用しておれをはめ、おれがやってもいないことをやったとニックに吹き込んだ。だからニックはおれを消そうと考え、デカを使った罠まで仕組んで、連中が捜査に身を入れないようにしたんだ」

ボビーは目を丸くして口をぽかんとあけ、ゆっくりうなずいた。「わかったような気がするわ」

「おれもそんな気がする」エンジェルはボビーに言った。「だからって、どうすりゃいいのかわからないが」

「だれがミスター・ロヴィートを利用してあなたをはめたの？」

「そこだ」エンジェルは言った。「そこが妙なんだよ。おれをはめたのは堅気の商売人たちだ。組織の人間じゃない。それだけじゃなく、おれの知らない、会ったこともない商売人だった」

「だったら、なにかのまちがいかも」

エンジェルは首を振った。「商売人のひとりがおれの顔を見分けたんだ。〝こいつだ〟と、ニックに言った。おれはその場にいたんだぜ」

「いやだわ」ボビーは言った。「恐ろしい」

「それにしてもわからない。どうしてやつらはおれにそんなことを?」

「そうねえ、あなたがしてたことをやめさせようとしたとか?」

エンジェルは顔をしかめてボビーを見た。「えっ? だからさ、こいつはでっちあげなんだよ。おれがやってるとやつらが言うことを、おれはやってないんだ」

「いいえ、そうじゃなくて。あなたが実際にしてたことのほう。その人たち、あなたがしてたことを邪魔したかったんじゃないかしら。あなたはいずれ彼らに迷惑をかけるような仕事をしてたのかも」

エンジェルはボビーを見つめた。「あんたがそれを考えたのか?」彼は訊いた。「全部ひとりで?」

「ええ、あたしはただ――」

「けちをつけてるんじゃない。つまり、おれはそんな風に考えもしなかったから」

ボビーは二度まばたきした。「そういうことだと思う?」

「不思議はないね。とにかく理由になる、そうだろ? ずっと気が変になりそうだったのは、理由も思いつかなかったせいだ。正しいのかまちがってるのか、そこは二の次だ。ローズってやつがおれを指さした理由らしきものがあれば、そこから考えりゃいいからね」

ボビーが訊いた。「なんていう名前なの？」

エンジェルの胸に再び希望が湧いた。「ローズだ」彼は答え、しばらく待った。

だがボビーはこう言っただけだった。「女の名前ね」

エンジェルはちょっとがっくりした。「それはやつの名字だよ」

「あらやだ。とにかく、あなたがあの人たちにいやがられるどんなことをしてたのかわかれば、こんな仕打ちをされた理由もわかるわよ」

「ああ」エンジェルは言った。「ああ、そこが問題だ」彼は立ち上がり、煙草に火をつけ、ベッドの裾のほうを行ったり来たりし始めた。「そこが問題だ」彼は繰り返した。

おれがなにをしたっていうんだ？　チャーリー・ブロディを探してただけだ。そのほかに、チャーリーの一件が持ち上がる前にやってたことがあったか？　ない。チャーリーの一件が片づきしだい、手をつけることになってた仕事は？　ない。

チャーリー・ブロディ？　連中はおれにチャーリーを探されたくないのか？　堅気の商売人の集団が死体を探されちゃ困るとは、理屈に合わないじゃないか。理屈に合わないことだらけだ。

とうとうボビーが口を開いた。「もう少ししゃべったほうがよさそう？　あなたがしてた仕事は、他人に話せるようなこと？」

エンジェルはボビーを見た。これまで彼女の気持ちを考えて、肝心な事実を伏せてきたが、あんな風に答がひらめくことだし、洗いざらいぶちまけたほうがよさそうだ。おまけに、亭主の死体が盗まれたと聞けば、ボビーはなんらかの説明ができるかもしれないし、死体のありかを示す出来事を思い出すかもしれない。

エンジェルはベッドに座り直した。「ボビー」彼は切り出した。「話がある。気をしっかり持ってくれ」

「気をしっかり持つ？」

「チャーリーのことだが」

「気をしっかり持てと言うの？　チャーリーのことで？　チャーリーは死んだのよ、ミスター・エンジェル。気をしっかり持ちようがないわ」

「まあ、聞けよ。あんたはチャーリーの仕事をよく知ってたかい？」

「ええ、もちろん。夫婦が隠し事をしちゃいけないでしょ。主人はヤクを運んでたの。南に行っては戻って」ボビーは毛布から出ている手で隠れた腕に注射するまねをした。「ヘロインをね」

「手口を知ってるか？」エンジェルはボビーに尋ねた。「チャーリーがどうやってヤクを運び、パクられずにいたか」

ボビーはイタリア人みたいに肩をすくめた。「さあ。スーツケースに詰めたんじゃないかしら。あの人はなんにも言わなかったし」

「スーツの中だよ」

ボビーは頰と鼻に皺を寄せた。「え？」

「青いスーツの中さ。裏地に縫いこんで。ボビー、チャーリーはあのスーツに入った二十五万ドル相当のヘロインと一緒に埋められたんだ」

「嘘みたい！　ほんと？」

「ほんとだ」

ボビーはかぶりを振った。「あらあら！　だれかをお墓に行かせて、うちの人のスーツを取って来させないのは驚きね！　へーえ」

「行かせたよ」エンジェルが言った。「おれを。おれがチャーリーを掘り起こした」

「あなたが？　あの人はどうだった？」

「いなくなってた」

「どういうこと？」

「チャーリーは埋葬されなかったんだよ、ボビー。だから気をしっかり持ってくれ。埋葬されたのはからっぽの棺桶だ。何者かがチャーリーを盗んだらしい」

「フランケンシュタイン博士みたいな人ね！」ボビーは目を丸くし、両手を頬にあてて叫んだ。

その拍子に毛布がはらりと落ちた。

エンジェルは礼儀正しく顔をそむけた。ボビーは髪に結んだリボン以外はなにも身につけずにベッドに入るとわかったからだ。「まさか」彼は向かいの壁に話しかけた。「そんなわけないよ。この二十世紀に」

「あら、いやだ。こっちを向いていいわよ、ミスター・エンジェル。もう大丈夫だから」

振り向くと、ボビーは毛布をもとどおりに引き上げていた。「おれがやっていたのは」エンジェルは言った。「チャーリー探しさ」

「向こうを向いててくれてありがとう、ミスター・エンジェル」ボビーが言った。「紳士にレディ扱いされるとね、レディはますますレディになった気分になるものよ」

「そうだな。礼を言われるほどのことじゃないが」

「それに、あなたはチャーリーを探してくれてるのね？　ご親切に、ミスター・エンジェル」

「いやなに、これは仕事だから。ニックはどうしてもあのスーツが欲しいんだ」

「そりゃそうよね」ボビーは首を傾げた。「だれがチャーリーを盗もうとしたのかしら？」彼女は言った。「とんでもないことだわ。死者を冒瀆して、死体を盗むなんて」

「おれがやってたのはこれだけだ」エンジェルは言った。「だから、ローズって男とほかの商売人たちが、おれの仕事を止めようとしてたなら、それはチャーリー探しだ。あんたにはローズっていう知り合いはいないんだね？」

「前にこのアパートメントを掃除してた黒人の女の人がローズだったけど。男ではいないわ」

「例の男は会社でも経営してるらしい。店か工場みたいなものを」

ボビーは右に左に首を振った。「ごめんなさい、ミスター・エンジェル。でも、ローズという男に会ったら、それが名前でも名字でも、必ず覚えておくわね」

エンジェルはなすすべもなく両手を広げ、また立ち上がった。「そんなわけだ」彼は言った。「だからここにいるのさ。おれを始末することになってたやつらから逃げて、ひと晩ここで身を隠せると思った。ここにはだれもいないだろうし、だれもここでおれを探そうと思わないだろうし」

「じゃあ、泊まっていいのよ」ボビーは言った。「わかってるでしょ、ミスター・エンジェル」

「おれがここにいたと知れたら、あんたも締め上げられるかもしれない。組織か警察、どっちからも」

「フン」ボビーは毛布から出している手を振った。「だれもあたしのことなんかかまわないわ。だいいち、あなたがここにいたことをだれが告げ口するの？　あなたもしないし、あたしもしない。で、ここにはあたしたちしかいないじゃない」

「明日の朝一番に出ていく」エンジェルは言った。「おれはチャーリーを探し続けなくちゃ。チャーリーの居場所さえわかれば、なにもかも説明がつくような気がするんだ」

「ミスター・エンジェル、チャーリーを探してくれるご恩は一生忘れない。感謝の気持ちを言葉では表せないくらいよ」

「まあ、精いっぱいやるよ」エンジェルは言った。「チャーリーのためと自分のためにも」彼は部屋を見まわして言った。「どうせなら、朝になってからまた話そう。おれはリビングルームのソファで寝る」

ボビーは真顔で首を振った。「いいえ、だめよ」

「えっ」

「あなたがチャーリーを探すにも、このピンチを切り抜けるにも、あたしはあんまり役に立てない。この感謝の気持ちを表す方法はたくさんないけど、ひとつはあるわ。明かりを消して、ここへ来てちょうだい」

エンジェルはあいまいなしぐさをした。「いやあ」と彼は言った。「おれはただ——」

「これはふたりだけの秘密よ」ボビーは言った。「友達どうしの。料金なんていらないから」

エンジェルは咳払いをして言った。「なあ、なにも恩に着たり——」

「恩に着てるんじゃなくて」ボビーは言った。「あたしたちは友達でしょ、助け合うべきだと思うの。あたしがしてあげられることはあんまりないけど、できることはするわ。それも喜んで」

エンジェルはなおも断ろうとしたが、ボビーの顔をよく見ると、その目に気持ちが表れていた。この誘いに応じなかったら、彼女はひどく傷つくだろう。ひどく。

まあ、いいか。エンジェルのとりえといえば、どんな場合でも女を大切にすることなのだ。

18

彼はガラスの棺に入れられた白雪姫で、七人の小人の手で生きたまま埋葬されようとしていた。動けそうもなかった。小人たちに向かって叫んだが、ガラス越しでは声が届かないのか、七人は棺を墓穴へ運んで下ろし、シャベルで土をかけ始めた。小人のひとりはニック・ロヴィートに似ていて、オーガスタス・メリウェザー似とキャラハン主任警部似もいた。ほかのふたりはジッテルとフォックスに似ていて、もうひとりはカート・ブロック似、最後のひとりはディズニーの『白雪姫』に出てくるてれすけ《バッシュフル》に似ていた。

てれすけが棺の上に一本の金色のバラを投げると、六人はいっせいに土をかけていった。土が棺のガラスの蓋に跳ねかえり、彼はまばたきをした。土が顔をめがけて飛んでくるように見えるのだ。だが、あいだにガラスがあり、土はドサッドサッと音を立ててそこに落ちた。ドサッ、ドサッ、ドサッ。ドサッ、と音がするたび、彼はまばたきをした。

まばたきしていて目を覚ました。一度、真に迫ったまばたきをしたあまり、本当に目をあけたところ、そこに七人の小人の姿はなく、ガラスの棺もなく、土も、金色のバラも、墓もなかった。ひびの入った天井が見え、見覚えのない寝室の弱い金色の光が差し込んでいる窓には、ブラインドがきちんと下ろされていた。

もう一度まばたきすると、夢の世界からとにもかくにもこちらの世界へ移り、記憶がよみがえり、現実に引き戻され、ここはどこかを思い出した。エンジェルは体を起こし、ベッドを見まわしてボビーを探した。

本人はいなかったが、ナイトテーブルに書置きがあった。エンジェルは手紙を読んだ。

親愛なるミスター・エンジェル
アーチー・フライホーファーが今日から仕事に戻れと言うので、ニューヨーク・コロシアムに行かなきゃなりません。そこでインテリア展示会が開かれてて、バイヤーと〝大事なお客〟たちのお相手をする女が入用らしいけど、なぜか面接はいつも午前中というのが向こうのやり方です。

今夜は戻れないでしょうから、またここに泊まりたかったら、やっぱり例の窓から入ってください。そこには鍵をかけません。

朝食には、インスタント・コーヒーとイングリッシュ・マフィンとキッチンにあるものをなんでもどうぞ。

がんばってくださいね。あたしがあなたに感謝するのと同じくらい、チャーリーもあなたの尽力には感謝したでしょう。

敬具

ボビー・バウンズ

追伸
下着と靴下がまだ乾いてなかったら、たんすの真ん中の引き出しから出して使ってください。
B・B

「下着と靴下？」エンジェルは手紙から目を上げ、室内をさっと眺めた。机のそばの椅子にはワイシャツがきれいに掛けられ、上にネクタイが垂らしてある。開いたクローゼットの扉の内側にあるフックにはスーツが、ちゃんとハンガーに掛けてあった。左側に身を乗り出すと、ベッドのそばの床に靴も見えた。だが、下着と靴下は？

まだいくぶん七人の小人に惑わされているうえ、手紙にも面食らい、寝ぼけた頭で下着と靴下の件にうろたえ、エンジェルはよろよろとベッドを出て、裸でピタピタと歩いて消えた衣類を探しにいった。

下着と靴下はバスルームに、針金のハンガーに留められ、シャワーカーテンを吊るす棒に掛けてあった。まだ濡れている、というより、湿っているのはたしかだ。「別に」とエンジェルはつぶやいた。「いいか」彼はピタピタと寝室へ戻っていった。

チャーリーのパンツをはくと、いよいよチャーリー・ブロディと切っても切れない仲になってきたという気がした。自分の人生がチャーリーの過去と現在とがんじがらめになっていると。

「居場所だけは教えてくれよ」エンジェルはぼやいた。「それだけでいい。このゴタゴタに片をつけさせてくれ。そうなりゃ、おれたちは五分五分だぜ、チャーリー」

一時間後、顔を洗って服を着て朝食をすませると、かなり気分がよくなった。寝過ごしたので、もうじき正午だ。そろそろやらなくては。

なにをやるんだ？　ボビーの手助けで、ゆうべは二、三の問題が解決したものの、あいかわらず五里霧中といっていい。だれがなにをやったのかわからず、だれに訊けばいいか、なにを訊けばいいかもわからず、たとえそのどれかがわかったとしても、いまごろ警察と組織の両方に街中で追いかけられているだろうから、あちこち動きまわれない。

エンジェルは三杯目のインスタント・コーヒーを飲み、二本目の煙草を吸いながら、これからどうしようかと考えた。せめて、と彼はつぶやいた。せめて隠れているあいだに手足になってくれる人間がいればよかったな。組織が知りもしない人間がいい。たとえばドリーとか――。

やつらが知らない人間。

おれがローズを知らなかったみたいに。

エンジェルは煙草の煙に包まれて顔をしかめ、そのからくりを考え抜いた。エンジェルはローズを知らなかった。ローズはエンジェルがしていたこと、つまりチャーリー・ブロディ探しを止めようとして、彼をはめた。それはほかのだれかのためだ。エンジェルがちゃんと知っているだれかのため。

「うーん」エンジェルは言った。声に出して。「おれの知ってる人間が、おれにチャーリー・ブロディを探されちゃ困るのか。このだれかにはローズや商売人たちに脅しをかける手段があって、連中におれをはめる文句を言わせたんだ」

そりゃけっこうだが、いったいどういう意味だ？

「要するに」エンジェルはつぶやいた。「おれは真相に迫ってきたんだよ。自分でも気づかなかったが、いつのまにか真相に迫ってきて、おれを始末する気にさせるほど、このだれかを焦らせた」

そうさ。エンジェルは煙草をコーヒーに落として立ち上がり、寝室に戻ると、小さな机に向かって紙と鉛筆を出した。やらなければならないのは、チャーリー・ブロディ探しを始めてから話をした人間の名前を全部書き出すことだ。思い出しながら、だんだんリストができていった。

ミセス・ブロディ
マーゴ・ケイン
キャラハン主任警部
カート・ブロック
フレッド・ハーウェル
アーチー・フライホーファー

ちょっとしたリストだ。エンジェルは険しい目でリストを眺め、ときどき鉛筆でとんとん叩きながら、犯人の目星をつけようとした。チャーリーの死体を盗み、おれをはめ、メリウェザーを殺しそうなやつは、この中のだれだろう。しかし、だれもそんなことをしそうにない。

ミセス・ブロディは？　ボビーが？　なんでまた女房が亭主の死体を盗む？　でっちあげの件では、どうやってローズに脅しをかけられる？　まあ、結婚前にアーチーの下で働いていた時分にローズと知り合って、やつの女房に関係をばらすとか言ったのかもしれない。犯人がボビーであってもおかしくないが、それでは筋が通らない。そうさ、おまけに彼女はあけっぴろげで、無邪気だ。こんなに手の込んできたたくらみを企てられるもんか。

マーゴ・ケインは？　第一に、あの女にはもう死んだ亭主がいるのに、他人の死んだ亭主に用はないだろう。第二に、マーゴ・ケインと生前のチャーリー・ブロディにはなんの関係もなかったのに、いまさら関係ができるわけがない。もっといえば、マーゴはおれがチャーリーの死体を探しているのを知りもしないんだから、それを止めようとしているはずがない。

キャラハンか？　いや、ほかの五人と同じく、やっぱり死体を欲しがる理由がない。そのうえ、あいつはばか正直で、頑固一徹なまでに正直で、こんなたくらみに首を突っ込めないほど正直だ。なるほどローズに脅しをかけることはできただろうが、それ以外は条件に合わない。マーゴ・ケインと同じく、あのとき葬儀場に居合わせたばかりにこの一件に関わっているだけだ。

カート・ブロックは？　彼は最後から二番目にチャーリーの死体を見た人間だと認めたが、それ以外はなんの関係もなさそうだ。チャーリーとも、ローズとも。どの件にも動機がない。それどころか、ブロックはこの中でただひとり、目当ての人物ではありえない男だ。そいつがメリウエザー殺しの犯人でもあるとすれば。ブロックは見張られているし、キャラハンがやつのアリバイを認めたなら、おれにとっても好都合だ。

フレッド・ハーウェルか？　この中では、スーツの価値を知る唯一の人間といえるが、フレッドなら死体ごとじゃなくスーツだけ盗めば満足しただろう。ただし、時間がなかったなら話は別で、スーツを脱がせようとがんばるより、死体ごと盗んだほうがてっとりばやい。だが、フレッドは長年組織にいて、内情に通じている。こんなばかなまねはしない。ローズの弱味につけ入る点では、フレッドのしわざと考えられなくもないが、見込みは薄い。

それなら、アーチー・フライホーファーか？　アーチーが知っていたり気にしていたりするのは、使っている女たちのことだけだ。死体を、ましてや男の死体を盗むとは思えないし、メリウエザーを刺し殺したりローズとたくらんだりするとも、ほかのどんな行為をするとも思えない。

そうさ、そこが問題だな。この中のだれもが、あるひとりがやったにちがいないことを、どれもやったとは思えないんだから。

もっとも、ここに書き忘れた名前があって、おれがまだ気づいてない人物がいれば、話は別だが。

しかし、おれがまだ会ってもいないやつが、ローズを差し向けておれをはめるわけがない。

エンジェルは首を振って考え直し、さらにもう一度、なおもう一度考えてみた。リストにあげた六人のうち、チャーリーの死体を盗む動機がわずかでもある人物はひとりしか思いつかない。それはフレッド・ハーウェルだ。彼はチャーリーの上役であり、スーツの中身を知っていた。だが本人は、チャーリーがスーツを着て埋葬されてから、初めてその事実を知ったと言った。だがそれでも……。

フレッド・ハーウェルか？　フレッドなら、死体からスーツを脱がせるのにてこずったら丸ごと盗みかねない。ローズの弱味につけ入りかねないし、その手の仕事を請け負うツテもありそうだ。それに、メリウェザーを殺しかねない。もし、ふたりが死体泥棒に一枚嚙んだか、メリウェザーに真相を知られてしゃべられるかもしれないと思ったら。

どれも眉唾物だという気がした。とはいえ、いまのところほかに思いつかないので、この線を追うしかなさそうだ。いくら眉唾物という気がしても、またリストに戻ってひとりずつ検討し直せば、因果関係がわかるだろう。まずはフレッド・ハーウェルからだ。

エンジェルはボビーに手紙を書いた。

　親切にしてくれてありがとう。たっぷり眠って、たっぷり朝めしを食った。事情が許せば、また連絡する。

信用できない輩の目に触れるといけないので、署名はしなかった。ボビーをトラブルに巻き込みたくない。手紙をキッチンのテーブルに置き、エンジェルはアパートメントを出た。

通りには赤と黄色のトラックがとまっていた。荷台では、派手な色に塗られた小さな宇宙船型の乗り物が、モーターが付いた中央の軸をぐるぐるまわり、運転台の屋根につけられたラウドスピーカーはラジオ局が流すロックの曲をがんがん鳴らしていた。笑顔の子供たちがまわっているいっぽうで、もっと多くの子供たちがトラックの横で順番を待っていた。

エンジェルは足を止めてその光景を眺めた。ワシントン・ハイツで過ごした素朴な子供時代が懐かしかった。あの手のトラックは春と夏を通じてニューヨークの貧困地域を往復し、さほどおぞましくない形で暖かい季節の到来を知らせる。これはエンジェルが今年初めて見た一台であり、いなかの住人が春を告げるコマドリの最初の一羽を見たような感動を覚えた。

しかし、ラウドスピーカーがロックの曲を終えて切れ目なくニュースに移ったときに、その感動も消えてしまったが。ブリキの宇宙船に乗った子供たちがぐるぐる回転するところへ、本日のお知らせが流れ出した。たとえば――。

〝ただいま警察は、暗黒街の殺し屋とされるアロイシャス・ユージーン・エンジェルを捜索しています。昨夜この男がジャージー・シティで銃殺した――〟

などなど。人相風体も続いた。〝エンジェルは身長六フィート一インチ、血色が悪く、髪は焦茶色で、目は茶色、体格はがっしりしています。武器を持っており、危険だと思われます〟

武器を持たず、危険どころではないと思ったエンジェルは、あわてて歩道を逃げ出した。一街区半走ったところで、ボビーの家のバスルームに下着を忘れてきたことを思い出した。

19

フレッド・ハーウェルの仕事場を見ると、数百人の従業員と何万人もの顧客を抱える数百万ドル規模の事業を彼が指揮しているとは思えないだろう。かといって、フレッドの商売は五番街にガラス張りのビルが建つようなビジネスではない。その内容を考えれば、十番街の薄汚れて崩れそうな煉瓦の建物が本社にうってつけの場所だった。

この建物は四十五丁目と四十六丁目のあいだにあった。一階と二階に入っているのは蓄音機用のスペイン語のレコード会社で、瓢簞《ひょうたん》マラカスを振る人たちのローファイのレコードを専門に扱っている。四階の事務所と倉庫は、通信販売で珍妙な婦人用下着を売る会社のもので、広告はすべて男性ボディビルダー雑誌に掲載されていた。この二社に挟まれた三階に、〈アフリカ・インド輸入会社〉の名に隠れ、フレッド・ハーウェルと麻薬の売人組織が潜んでいた。

エンジェルがこの建物の一街区手前に着いたとき、遊園地の乗り物付きトラックがまた一台とまっていたが、スピーカーから流れているのは彼の人相ではなく陽気な音楽だった。トラックを通り過ぎ、建物に入り、薄暗い階段を二階ぶん昇って三階へ向かうと、そこには短い廊下とふたつのドアがあった。ひとつには印がなく、もうひとつには〈アフリカ・インド輸入会社〉と書かれていた。

廊下の特徴は古びた板張りの床で、羽目板のあいだには埃が詰まった大きな穴がいくつもある。ひびが入った漆喰の壁には、ミノタウロスの胃の中を思わせるグリーンの濃淡でペンキが塗りたくられ、ずぶぬれで朽ちかけた段ボールの臭いがどこからか漂ってくる。

エンジェルはドアを押して殺風景な小部屋に入り、中を見まわした。木の机、木製のファイリング・キャビネット、帽子掛け、カーテンもブラインドも掛け布もない汚れた大きな窓がふたつ、ぼろぼろに崩れかけた茶色の革張りのソファ。ファンシーという名前のフレッドの愛人。かなり不細工な女だ。

自分の最新情報がファンシーに筒抜けかどうかわからなかったので、エンジェルははったりで切り抜けることにした。「よう、ファンシー」と声をかけた。「フレッドに用があるんだ」

ファンシーはびっくりしたが、それは無理もなかった。エンジェルはめったに顔を見せないからだ。「中にいるわよ」彼女は言った。「知らせてきてほしい？」

「いや、いいんだ」エンジェルは軽やかに手を振って部屋を横切り、奥のドアをあけた。

フレッドが机から顔を上げた。この前の日曜日の『ニューヨーク・タイムズ』紙に載ったクロスワード・パズルにせっせと取り組んでいたのだ。「アル！」と叫んでから気がついた。「なんでまたアルが？　いったいいぜんたい——」

エンジェルはドアを閉めた。「黙ってろ、フレッド」彼は釘をさした。「じっとしてろ」

「アル、ここでなにしてる？　どんなにやばい《ホット》ことになってるか、知ってるのか？」

「ああ、自分がかっか《ホット》してることくらい知ってるさ。知らないのは、どこのどいつがおれのケツに火をつけたかだ」

フレッドは両のてのひらを胸に押し当てた。「アル！　まさかおれを？」

「よく言うぜ」

「アル、どうしておれが？　教えてくれ、どうしておれなんだ？」

「まだわからない。おれなりの考えがあるだけで」

フレッドは右に左に首を振った。「どうかしてる」彼は言った。「どうかしてるよ。ここに座っていつものとおり仕事をしてて、万事順調だと思ったら、おまえが入ってきて、おれがなにかしたって言う。したって、どんなことを？　どんな風に？　どんなわけで？」

エンジェルは言った。「おれはどうなんだ？　いつものとおり仕事をしてると思ったら、死人にされ、警察と組織の両方に追われてるんだぞ」

フレッドはエンジェルを押しとどめるようにてのひらを向けた。「アル、おまえはそういうやばい橋を渡ったんだ」彼は言った。「頭が切れるからあんな無茶はしないと思ってたのに、このざまだ。どうせニック・ロヴィートの耳に入るのに、おれにしろほかのやつにしろ、おまえに手を出すもんか。おまえがこうなったのも自業自得ってもんさ、アル」

「なあ、待てよ」エンジェルは言った。「ちょっと待ってくれ。これはでっちあげなんだ、フレッド。おれは賄賂なんか受け取った覚えはない」

「なら、悪かった。そういうことなら謝るが、アル、おれになにができる？　いまはニックと口をきけないし——」

エンジェルはかまをかけてみることにした。「さっきローズに会ってきた」

フレッドはいぶかしげに目を細くした。「ローズ？」

「ローズを知らないのか？」

「アーチーが使ってる女か？」

「とぼけるのはよせよ、フレッド。ローズは男だ、あんたもそれを知ってるはずだぞ」

フレッドは何度かまばたきして、ふと頼りない笑みを浮かべた。「そうそう」彼はますます椅子の背にもたれ、エンジェルから遠ざかっていく。「そうだった」彼は言った。「ローズは男だ。忘れてたよ」

「なにやってんだ、ばか野郎。調子を合わせてるだけか？」

「まさか」フレッドは言った。「いいや、アル、とんでもない」

「しかもローズは名字だよ、このボンクラ。作曲家のビリー・ローズみたいに。ビリー・ローズが女だっていうのか？」

フレッドはしばらくしないと頭を切り換えられなかったが、やがて言った。「そうか。おまえの話がわかったよ。ローズってのは男か。名前じゃなくて名字がローズなんだな。アル、よくわからんが、突然こんなおかしなことになったのは、おまえも過労かなんかで神経がぴりぴりしてて、自信がないまま……」言葉が消えていった。

「黙れ、フレッド」

「ああ」フレッドは言った。「わかった」

エンジェルは渋面を作って集中しながら、行ったり来たりを繰り返した。フレッドはシロだ。まちがいない。ほんの少しでも動機と機会がありそうだとおれがにらんだ唯一の人間なのに、無実とはな。フレッドが嘘をついているとか、陰で画策しているとは思えないし。

フレッドはしばらくしてから言った。「ちょっといいか、アル?」

「言えよ」

「おまえが出ていったら、おれはすぐニックに電話して、おまえがここにいたと教えなきゃならん。わかってくれるな」

エンジェルはうなずいた。「ああ、わかってる」

「おれには女房も子供たちもいる。ファンシーもな。責任があるから、身を守るしかないんだよ」

「そうか、そうだよな」

「アル、言わせてもらえれば、興味ないかもしれんが、おれはおまえを信じてる。長いつきあいだぞ。親しくはなかったが、ずっとうまくやってきたし、おまえは頼りになる、気持ちのいいやつだと思ってきた。だから、おまえがこれはでっちあげだと言うんなら、その言葉を信じる。そんな考えはニックには通用しないし、状況はなにも変わりゃしないが、おれの気持ちは汲んでほしい」

「ああ。ありがたいよ、フレッド」

「力になれたらいいんだが」

「ああ。なれるさ、フレッド」

それまでフレッドは神妙な顔つきを崩さなかった。ところが表情が変わり、まるで五千人の観衆の前で演説している最中にズボンの前が開いているのではないかと思い始めた男に見えてきた。彼は言った。「なれるのか?」

「おれのかわりにローズのことを探ってくれ」

「ローズね」

「ローズの名前を知りたい。どこに行けばやつがつかまるかも」

「もう話したのかと思ったが」

「まだだ。そんなこと気にするな。このローズって男は堅気の商売人だが、どこかで組織とつながってる。おれを指したときも、仲介者がいたにちがいない。いきなりニックのところへ行かないほうが無難だからな」

フレッドが訊いた。「じゃあ、だれが?」

エンジェルは答えた。「ラパポートさ」

「ラパポート? なんでラパポートが?」

「組織じゃ、ラパポートが組合を仕切ってるからだ。ラパポートが組合部門を動かす要領で、あんたは麻薬部門を動かし、アーチーは売春部門を動かしてる。商売人がてっとりばやく組織とコネを持つには、組合を通すのがいちばんだ」

「なるほど。たしかに利口なやり方だが、それでどうなる？　おれじゃなくて、おまえがラパポートに会ったほうがいいだろう」

「おれは街をうろつけないんだよ、フレッド。忘れたのか？　やばい身の上なんだ」

「おれにどうしろと？」

「ラパポートに電話してくれ」

「なんだって？　いかれちまったんじゃないか、アル」

「いいや。あんたがラパポートに電話して、ローズのことを訊くんだ」

「どうして？　どうやって？　どんな口実で？」

エンジェルは首を振りながら必死に考えた。「あいつに、ええと、こう言えよ。〝なあ、この建物の前の大家はローズとかいう男で、そいつともめてるんだが、エンジェルが脅してたのと同じ野郎かな？〟そうすりゃ、ラパポートはローズの特徴を話すだろう」

「話さなかったら？」

「訊いてみるまでだ。訊くんだよ」

「アル、おれはどうしてもやりたくない」

エンジェルはフレッドの机の真ん中に右のてのひらをのせた。関節が太い、大きな手だ。彼は言った。「この手が見えるな、フレッド？」

「ああ、見える」

「話の都合上」エンジェルが言った。「この手を凶器と考えよう」

「それで？」

「それなら、あんたはこの凶器で脅されてラパポートに電話するしかなかったと、ニックに言える」

「でも――」

「じゃあ、あんたが嘘をつかなくてすむように」エンジェルはこぶしを作った。「ちゃんと脅してもいいんだぜ」彼は机からこぶしを上げて、フレッドの顔の近くで止めた。

フレッドは寄り目気味になってこぶしを見た。「でも、ニックがおれの言うことを信じなかったら？」

「こうしよう」エンジェルは言った。「ニックをだます自信がないなら、おれがあんたを一、二発ぶん殴ってあざを作ってやる。なにも怒ってるんじゃなくて、ニックを納得させるためだ。それでいいか？」

「ちょっと待った。アル、その、ちょっと待て」

「あんたにまかせるよ、フレッド」

フレッドは突きつけられたこぶしを見て、唇をなめ、百面相をしてみたあげく、咳払いをしてうなずいた。「いいよ」

「いいって？　なにがいいんだ？」

「電話してもいいよ。それから、あざをつけなくてもいい。そこまでやることないさ」

「助けたかっただけだよ」エンジェルは言った。「そうするのが当然だろ、助け合うのがさ」

「やるって言ったじゃないか」

エンジェルは背筋を伸ばして両手を広げた。「恩に着るよ、フレッド」

フレッドが電話をかけ、しゃべり始めた。双方の話が聞けるように、エンジェルはフレッドの耳のそばに身を乗り出していた。こんな調子で会話が続いた。

フレッド　おれだ、フレッドだよ。
ラパポート　よう、フレッド、最近どうだ？
フレッド　エンジェルのやつはあきれたことをやらかしたな。
ラパポート　あいつはなに考えてるのか、わかったもんじゃない。おれは何度もそう言ってたんだ。
フレッド　なあ、エンジェルが金を巻き上げてたやつ、ローズとか——。
ラパポート　ローズ？　どこでその名前を聞いた？
フレッド　ああ、えっと……（エンジェルが〝ニックから〟とささやいた）。ニックから聞いたのさ。
ラパポート　そうか。変だな。口止めされてたんだが。
フレッド　おれもそうだよ。そのローズだが、ここの建物の前の家主もローズだったんだ。ほら、おれがいる十番街の建物だが。
ラパポート　へえ、そうか。
フレッド　ああ。おれたちはこのローズともめたんだが、そいつは組織を目の敵にしてた。

ひょっとして、そっちのローズと同じ男じゃないのかね。そっちの名前はなんていうんだ？
ラパポート　ハーバートだ。ハーバート・ローズ。
フレッド　そうか。人ちがいだ、こっちのやつはルイ・ローズだった。
ラパポート　ざらにある名前だからな、ローズなんざ。
フレッド　そうだな。そのハーバートは不動産屋か？
ラパポート　いいや、トラック運送業だ。ウエストサイドにある埠頭で、ちんけな運送会社をやってる。
フレッド　へえ。じゃ、関係なさそうだ。
ラパポート　そっちのローズと？　ありそうもないな。
フレッド　もし同じローズだったら、ニックが知ってることより複雑な事情があるかと思ったが。
ラパポート　エンジェルのしわざだと思わないのか？
フレッド　まあ、そりゃなんともいえないじゃないか。
ラパポート　おい、そんなことニックに言うなよ。エンジェルを信用しきってただけに、やつを恨んでる。ニックはエンジェルの名前も聞きたがらないのに、かばうなんざとんでもない。
フレッド　わかってるって。黙ってるよ。おっと、別の電話がかかってきた。じゃ、またな。
ラパポート　ああ。じゃあな、フレッド。
フレッドが電話を切ると、エンジェルは机の向こう側に戻った。「別の電話なんかないくせに」

「ラパポートは知らないさ」

「助かったよ、フレッド。おれはこれで消える」

「アル、おまえが出ていきしだい、ニックに電話するからな。おまえがハーバート・ローズを知ってると言わなきゃならない」

「ああ、わかってる。ところで、電話帳はあるかい?」

「あるよ。ほら」

フレッドは引き出しから電話帳を出した。そこにはハーバート・ローズの住所が載っていた。自宅は東八十二丁目、会社の〈ローズ運送〉は埠頭近くの西三十七丁目だ。エンジェルは電話帳を閉じて言った。「よし、これで決まりだ」

フレッドは言った。「がんばれよ、アル。おまえを信じてるからな。どうして信じてるかわかるか? おまえがクロなら、ローズの名前や居場所をとっくに知ってるはずだからさ。そうだろ?」

「そのとおりだよ、フレッド」エンジェルは机にかがみこみ、フレッドの目をのぞきこんだ。「疲れてるみたいだな、フレッド」そう言うなり、右のこぶしでフレッドの顎の脇をすばやく一発ぶん殴った。頭ががくんとのけぞって前にのめり、フレッドは眠りについた。

こんなまねをしなくてはならないのが残念だが、これで数分稼げる。少しでも時間が欲しいのだ。エンジェルはドアをあけてオフィスを出ると、振り向いて言った。「じゃあな、フレッド」そしてドアを閉めた。ファンシーにはこう言った。「フレッドがしばらく邪魔しないでほしいそうだ」

「はいはい」ファンシーは口をとがらせた。「ここの服務規定ですもんね」

エンジェルは階段を駆け降りて通りへ出て、街の中心からこんな外れまでやってきた物好きなタクシーをつかまえた。「三十七丁目と十一番街の角」

運転手は顔をしかめた。「もうミッドタウンへ行くお客はいないんですかね？　一時間半もここで粘ってたのに」

「ミッドタウンになんの用がある？　あの渋滞にはまるのか？」

「それもそうですね。そんな風に考えなかったもんで」

車は四十七丁目へ行き、十一番街を南へ向かった。左手のダッシュボードの上にトランジスタ・ラジオが置かれ、ロックの曲が流れていた。十一番街に入ると、音楽がニュースに替わった。三十七丁目に着き、運転手がエンジェルの手持ちでいちばん小額の五ドル札から釣銭を出していたところ、ラジオから〝アロイシャス・エンジェル〟という名前が聞こえ、人相風体の説明が始まった。

運転手はエンジェルに釣銭を渡してけげんそうな顔をした。そして、またけげんそうな顔をした。そのうえ怪しむように目を細くした。

エンジェルはタクシーを降り、三十七丁目を歩きながら〈ローズ運送〉を探した。背後では、いまいましい運転手がこちらを見ては目を細くし、見ては目を細くしを繰り返した末、急に猛スピードで走り去った。

すると、残り時間はあとどのくらいだろう？　五分か？　そんなになさそうだ。どっちが先に現れるだろう、組織か警察か？

エンジェルは建物のガレージへ駆け寄った。開いている扉には〈ローズ運送、ハーバート・ローズ有限会社〉という張り紙がしてあった。

20

「ミスター・ローズかい？」トラック運転手が親指を立てた。「そこの階段を昇って、突き当りのドアを入んな」

「どうも」

エンジェルは先を急いだ。物音が響いている建物の内部では、男たちがトラックの中で、上で、下で働いている。コンクリートの床を大股で突っ切り、奥の木製の階段を昇るエンジェルにかまう者などいない。

突き当たりのドアには「関係者以外の立ち入り禁止」と書かれていたが、いまのエンジェルにはなんの意味もなかった。ドアを押しあけて中に入ると、そこにはローズ本人がいて、ピンクと白と黄色の紙片が山盛りになった細長いテーブルの向こうに立っていた。

ローズは顔を上げ、まばたきしてから、「ああ、なんてこった」と言った。そして失神した。テーブルの上にばったり倒れた。ズルズルと滑って床に落ちた。ピンクと白と黄色の紙も一枚残らず道連れになり、彼のまわりに雪のように積もった。

「そんな暇ないんだ」エンジェルが言った。「忙しいんでね」見まわすと、部屋の隅に冷水器があった。エンジェルはそこへ行って紙コップに水を注ぎ、ローズの顔にかけた。ローズはペッペッと水を吐き、クシュンクシュンとくしゃみをし、ケホケホと咳をして、胸をペンペンと叩いた。

エンジェルはローズが立つまで待たなかった。それどころか、彼の前にしゃがみこんで声をかけた。「ローズ」

ローズは咳とくしゃみで充血した目でエンジェルを見た。はっとして、首をすくめ、頭を抱えるように腕を交差させて身を守ろうとした。「やめてくれ」胸に向かって話しているので、声がくぐもっている。「頼むから」

エンジェルはローズの二の腕をひっぱたいた。「こっちを向け、ばか野郎」

ローズは腕の隙間からエンジェルを盗み見た。

「一分やる」エンジェルは言った。「だれの指図でおれをはめたか、一分で言ってみろ。一分以内に名前が出なかったら、えらい目に遭うぜ」

「話します」ローズは甲高い声を出した。「脅さなくてもいい、話しますから」

「よし」

ローズはおっかなびっくり腕を下ろした。「あんなことはしたくなかった」彼は言った。「でも、どうしようもなかったんですよ。痛い目に遭わされたら本当のことを言うと約束してあります。赤の他人のために無茶できませんから。無理強いもここまでだし、もう十分でしょう」

「まったくだ。十分だよ。裏で糸を引いてるやつの名前だけ言えばいい」

ローズはなにもかも放り出して手を引くようなしぐさをした。「ミセス・ケインです」彼は言った。「マーリー・ケインの未亡人。あの女は亭主と一緒に焼かれて灰になればよかったんだ」

「マーゴ・ケインが?」

「そう言いませんでしたか?」

「どうやって?」エンジェルは知りたかった。「あの女はどうやってあんたを動かした?」

「あたしは商売人です。商売は、ほかの商売人に仕事をまわしてもらえなきゃ成り立ちません。マーリー・ケインは大物で、たちの悪い男でした。ミスター・エンジェル、本当なんです。ケインはふたりの弟も商売をしてる関係上、いろんな人間の弱味を握ってて、あの男に頼まれたらいやとは言えません。あの女房も同じでした。いきなり顧客の半分を別の運送会社に取られたくありません。だから、あたしはあの女に電話して、五、六人の仲間もそうしました。ほかにどうすりゃよかったんです?」

「おまえのせいで、おれは殺られかけたんだぞ」エンジェルが言った。「知ってるんだろうが」

「知らなかったんです。〝その男はクビになるわ〟とあの女は言いました。それだけが望みだと。あんたをクビにしたいって」

そうだろうか? 堅気の者は組織の掟や価値観にうとい。そうかもしれない。たぶん、マーゴはおれをクビにしたかっただけなのだろう。

組織をクビにされる人間がいるわけでもあるまいし! ニック・ロヴィートが出す解雇通知《ピンク・スリップ》は、血で染まったピンク色さ。

エンジェルは立ち上がった。「わかった」彼は言った。ローズがこれ以上のことを知らないのは明らかだ。次はマーゴ・ケインに会わなくては。

だが、そう考えながらも、まだ釈然としなかった。マーゴ・ケインがチャーリー・ブロディの死体を盗んだ? マーゴ・ケインがメリウェザーを殺した? だとしたら、なぜ、いったいなぜ? 犯人がわかっても――今度こそまちがいないと思っても――やはり理由がさっぱりわからない。

まあいい。あとまわしだ。ここは考えにふける場合でも場所でもない。エンジェルがまた部屋を飛び出し、置き去りにされたローズはびしょびしょの紙の山で怯えた濡れネズミになった。エンジェルが階段を駆け降り、コンクリートの床を突っ切り、通りに飛び出したちょうどそのとき、二台の車がタイヤをきしらせて目の前に止まった。

左側の一台はピンクと白のポンティアックで、そこからジッテルとフォックスが降りてきた。右側の一台は緑と白のパトロールカーで、そこからふたりの警官が降りてきた。

エンジェルは背を向けて走り出した。

「おい!」や「おーい!」や「止まれ!」という叫び声がした。また最初からやり直しか。葬儀場から逃げ出したときと同じだ。ただし、今回は警官の数が減り、そこにジッテルとフォックスが加わっているが。

エンジェルは十一番街で左へ曲がり、西三十八丁目で右へ曲がった。振り向くと、半街区うしろに警官のひとりとフォックスがぐんぐん迫っていた。ということは、もうひとりの警官がパトロールカーの無線を使い、ジッテルはもよりの公衆電話で話しているのだ。

走って逃げても無駄だ。すぐうしろにいるふたりを振り切れないし、いまにも大量の追っ手が立ちはだかるだろう。

エンジェルは渋滞している十番街を突っ切った。

九番街と十番街のあいだに、荷台に乗り物をのせた例のトラックがとまっていた。運転手は運転台の開いたドアの横に立ち、子供たちは縁石に沿って並び、数人の子供が空飛ぶ円盤そっくりの乗り物に乗り、ラジオはティーン・エイジャーの恋の歌をがんがん鳴らしている。トラックは消防自動車の赤と爆炎のオレンジ色と大西洋の青とバナナの黄色とセントラル・パークの緑色に塗られ、洗車して全体にワックスをかけたばかりだった。それは火星から舞い降りた正真正銘の空飛ぶ円盤ばりにピカピカしていた。

エンジェルはためらわなかった。トラックに駆け寄り、運転手を押しのけて運転台に乗り、忘れずギアをローに入れる。彼とトラックは通りを疾走していった。

なんたる逃亡劇！　きらめく虹さながらのトラックはぐらぐらと左右に揺れ動きながら走り、子供たちは急にものすごいことを始めた二十五セントの乗り物にきゃあきゃあ歓声をあげた。小さな空飛ぶ円盤は荷台で急降下してはまわり、ラウドスピーカーはがなり……。通行人はほほえんだり笑ったり、幼い子供たちは両手を振っては飛び跳ねた拍子に風船を放し、店主はエプロン姿で歩道に走り出て手を振り、麦藁帽子の陰で笑みを浮かべ、自家用車やバスやトラックの運転手は車を脇へ寄せ、笑い、エンジェルに手を振ってトラックを通してくれた……。

そのとき、ラウドスピーカーがしゃべり出した。〝捜索中の〟と声が世間に告げた。〝容疑者アロイシャス・エンジェルの特徴は、身長六フィート一インチ、体重は――〟

21

エンジェルはぴりぴりしていた。どことも知れないバーに腰を下ろして、震える手でスコッチの水割りを口に運び、すすり、またグラスを下ろした。

結局、あのいかれたトラックとはしゃいだ子供の一団は、十四丁目の真ん中、八番街あたりに置き去りにしてきた。追われる動物の本能で、そこから地下へ逃げ込んだ。目についた最初の穴に飛び込んだところ、そこはたまたま地下鉄の入り口だった。黄色いタイルの壁に挟まれたコンクリートの階段という階段を降りると、どん底には世界一古くて薄汚い地下鉄の車両が、一九四八年あたりで時間が止まったように鎮座していた。そこにぴったりの乗客たちが一様に押し黙って太ってうらぶれた感じで腰かけ、そのほとんどは新聞を読んでいた。トーマス・E・デューイ（一九四三年～五五年のニューヨーク州知事）の当選を予想した記事でも載っているにちがいない。エンジェルが乗り込み、ドアが閉まると、地下鉄は暗いトンネルを動き出し、ときどき止まっては、イースト川の下を通ってブルックリンへ向かった。やがて地上へ出てしばらく高架鉄道になり、終点に着くころには普通の電車のように地上まで下りてきた。

エンジェルがこの線に乗ったのは初めてだった。終点で降りると、そこもやはり一九四八年だった。木造のプラットホーム。どっちを向いても低い建物ばかりで、貧困層向けの古い二世帯住宅が並んでいる。もよりのバーまで歩き、スコッチのオンザロックを注文して、気持ちが落ち着くのを待った。

バーの名前は〈ロッカウェイ・グリル〉だった。たしかクイーンズにファー・ロッカウェイっていう地区がなかったか？　エンジェルはバーテンダーに話しかけた。「ここはどこの地区かな？」

「カナーシーだ」

カナーシーか。「ブルックリンの？」

「そりゃあブルックリンさ」

「よかった。ここにマンハッタンの電話帳はあるかい？」

「あるよ。ちょっと待って」

その電話帳にケインの名前が載っていた。ケイン、マーリー。東六十八丁目百九十八番地。エルドラド、六-九九七〇。「どうも」彼は言い、電話帳をカウンターに滑らせて返した。「もう一杯」

「わかった」

「ダブルで」

「わかった」

三杯ダブルを空けてから、エンジェルはバーを出ていく落ち着きを取り戻した。また地下鉄の駅に向かい、次の電車でマンハッタンに戻った。ユニオン・スクエア駅で降りると、ちょうど午後五時で、だれもかれもがラッシュアワーに集まってきたところだった。朝食以来なにも食べていないし、ラッシュアワーのニューヨークでは身動きが取れないので、暗くなるまで待ったほうがいい。そこでユニバーシティ・スクエアにある小さなレストランに入って食事をとった。

そうこうして時間が刻々と過ぎていく中、エンジェルは真相を突き止めようとした。もちろん、すべてマーゴ・ケインのしわざとも考えられる。あの女がチャーリーの死体を盗み、メリウェザーを殺し、ローズに狙いをつけた。ローズの件は確実で証明ずみで、疑問の余地はない。メリウェザー事件のほうは、彼女が現場にいたのはまちがいないが、ナイフを振るう姿は想像できない。おまけに、死体を見たときの反応が真に迫っていて、芝居とは思えなかった。もうひとつおまけに、〝あなたが主人を殺した〟っていうばかげたせりふはどうなる？　あの女の言い訳などもう信じちゃいないが、それに替わる説明も思いつかない。さらにチャーリーの死体を盗んだ件は、いったいなんのためだったのかという問題が残っている。

マーゴ・ケイン。エンジェルは考えに考えた。あの女はなんらかの形でカート・ブロックとつながっている。ひょっとしたら、マーゴのコネを使っておれをはめるように頼んだのはブロックかもしれない。チャーリーの死体を盗んだ張本人かもしれないぞ。あいつにはだれよりもチャンスがあったじゃないか。防腐処理とかでへまをして、死体を棺桶に入れずに隠したが、それをメリウェザーに見つかり、雇い主を殺すしかなかった――。

この一週間で考えついた中でも最悪のアイデアであるばかりか、これはありえない。ブロックには鉄壁のアリバイがあるのだ。

いいだろう。まだ情報が足りないだけの話だ。マーゴ・ケインに会うまで待つしかない。今度会ったら、なんとしても真相を吐かせよう。

エンジェルはじれったくなり、暗くなるまで待てなくなった。どれも食べたがどれも味わっていない料理の支払いをすませ、六時五分前にレストランを出て、〈クラインズ〉の包みをたくさん抱えた老婦人を突き飛ばしたおかげで、六時十分にはタクシーに乗った。

「勝負あったね」と運転手が言った。彼としてはどっちが勝とうがかまわなかった。みんな金を持っているのだ。

「三番街と六十七丁目の角」エンジェルが言った。

「了解」

運転手にはろくに顔を見られず、車内にポータブルラジオもないので、エンジェルはひとまず安心した。後部座席の隅の、運転手の真うしろに座り、通行人から顔をそむけていた。

アップタウンまでの道のりで神経をすり減らしたが、すり減ったのは運転手の神経であって、エンジェルの神経ではなかった。彼は六十七丁目でタクシーを降りて、料金を払い、運転手の記憶に残らない程度のチップを渡し、六十八丁目まで歩いて西へ向かった。

百九十八番地は褐色砂岩の古い立派な建物で、正面階段の脇には小さな庭に手入れが行き届いた植木が見える。地階の窓には格子がはまり、階段の下にある地階への入り口はかんぬきのかかった門で閉ざされていた。一階には、階段を昇った正面玄関の左手にすこぶる高い窓があり、二階と三階の窓には緑色の植木箱がこれ見よがしについていた。一階と二階の窓からは明かりが洩れている。

エンジェルはまずこの建物を通り過ぎ、警察や組織の人間が見張っているかどうか確かめた。見たところ、安全らしい。くるりと向きを変えて建物に戻り、玄関ドアに続く階段を昇った。ベルはふたつ並んでいて、上のベルには〝ライト〟、下には〝ケイン〟という表札がついている。エンジェルがケイン家のベルを鳴らすと、ほどなくドアの脇のインタフォンから金属的な、マーゴ・ケインに似た声が返ってきた。「どなた?」

エンジェルはインタフォンにかがみこんで言った。「エンジェルだ」こうなったら図太く振舞うまでだ。あの女が中へ入れようとしないなら、ほかの手を使うしかないだろう。

ところがマーゴは「ちょっと待ってね、ミスター・エンジェル」と言い、ちょっとも待たせず玄関に現れ、ドアをあけてほほえんだ。「あれからすっかり有名人になっちゃって。さあ、入って入って」

マーゴは黒のストレッチパンツに黒と赤のストライプのセーターを着て、赤のスリッパを履いていた。あいかわらず、無邪気でチャーミングで虫も殺さないように見える。

エンジェルは中に入り、ドアを閉めた。「入れてくれて助かったよ」

「どういたしまして。奥のリビングルームへどうぞ」天井にシャンデリアがつき、絨毯を敷きつめた薄暗く長い廊下を、マーゴは先に立って歩きながら、肩越しに話した。「ギャング稼業には、人を消す仕事もあるって教えてくれなかったわね。この言いまわしでいいのよね? 人を消すんでしょ?」

「その言いまわしでいいよ」

マーゴが両開きの引き戸をあけ、ふたりはリビングルームへ入った。あの高い窓がある部屋だ。

「お好きなところへ座って」彼女は引き戸を閉めながら言った。

部屋の壁はオフホワイトに塗られ、ペルシア絨毯の敷物と高価そうなアンティークの家具があちこちに置かれ、天井はバスケットボールのコートとまちがえるほど高かった。床は光り、高い窓のあいだに窓間鏡がそびえ、引き戸の向かい側の長い壁の真ん中には大理石の暖炉があり、本物の火から出た灰が残っていた。

「ワインでも飲む?」マーゴが尋ねた。「おいしいルビーポートはいかが?」

「おれはいらないよ」エンジェルは、壊れそうで壊れないヴィクトリア朝様式の椅子に腰かけた。

マーゴはそばにあるアンティークの大型ソファに座った。「きっと」彼女は言った。「ゆうべのアリバイ証人になってくれと頼みに来たんでしょうけれど、それは無理よ。たとえ問題がない状況でも無理なのに、問題は大ありでしょ。ゆうべは早めにマンハッタンへ戻ったから、あなたがニュージャージーへ出かけてあの気の毒な男性を殺す時間はあったわ。それが事実でなくても、やっぱりゆうべ少しでもあなたとニューイングランドで過ごしたことを認める気になれないの。わかってちょうだい」

「そんな理由で来たんじゃない」エンジェルが言った。

「ちがうの？」

「どうしてハーバート・ローズにおれをはめさせたのか、それを訊きに来たんだ」

彼女は心もとなさそうにほほえんだ。「ハーバート・ローズ？　銃を撃ったところをその人に見られたとか？」

「あれがどんなによくできたでっちあげか、わからなかったらしいな」エンジェルは言った。

「おれがチャーリーの死体探しから手を引く程度のいざこざに巻き込まれる、とあんたは踏んだ」

「チャーリー――？　そんなに次々と名前を出されても、ミスター・エンジェル――」

「いいんだ」エンジェルは言った。「気にしないでくれ」

「でも、なんの話かわかればいいのにと思って」

「ローズがうちのボスにあんな話をしたばかりに、ボスはおれを消せという命令を出した。この言いまわしだよ、ミセス・ケイン。消せと」

マーゴは目を見開いた。「まあ」彼女は口走った。「そんなばかな。たかが盗みで？」

「語るに落ちたな」エンジェルは指摘した。

マーゴは彼の言葉をもどかしげに一蹴した。「もちろん、わたしがやったのよ。ハーバート・ローズやほかの人たちに指図したのは、このわたし。ゆうべもコネティカットから長距離電話をかけたわ」

「化粧室に行ってたあいだに？」

「そのとおりよ。なぜかわかる？」

「理由を話すところだろ」

「そういうこと。なぜなら、あなたが好きだから」

「なんだって？」

「うぬぼれさせてしまったらごめんなさい、ミスター・エンジェル。でも、あなたってすてきだわ。万一って思ったの。万一ミスター・エンジェルがギャング稼業から足を洗ってまともな仕事についたら、あなたに寄せる思いがどこまで膨らむかわからないって」

エンジェルは口をぽかんとあけてマーゴを見た。「あんた、とんでもない女だ」彼は言った。

「まいったね」

「だから、考えたの」マーゴは涼しい顔で続けた。「あなたをギャング全員とのいざこざに巻き込んで、組織から追い出されるよう仕向ければいいんだと。あなたが足を洗ったら、わたしから声をかけ、更正の手引きして、力になり、まず――」

「もういい」エンジェルは言った。

「まったく、あきれたわ」彼女が言った。「まさかあなたを殺すほど腹を立てるなんて！　しょせん、あの人たちは悪党の集団ね」

エンジェルもそこまでは納得した。マーゴは自分のでっちあげで彼に死刑判決を下していたとは知らなかった。ほかの点は、これでほぼ説明がつきそうだ。そこで話を整理しようと、エンジェルは二分かけて、あのでっちあげが命取りになった理由を彼女に説明し、さらに二分かけてウイリー殺しは最初のでっちあげの副産物だったことを説明した。「あんたがおれにしたのはそういうことだよ」彼は言った。

「まったくあきれたわ」マーゴが言った。「なんてこと。本当にごめんなさい。殺人のほうはどうしたらいいかわからないけれど、ボスの誤解なら解けるわ。いますぐハーバート・ローズたちに電話して、おたくのボスのところへ行って事実を話すように言うから」

エンジェルは指さした。「そこに電話がある」

「疑う気?」マーゴは立ち上がり、電話機に近づいてダイヤルした。「ハーバートをお願い」彼女が言い、ほどなくして話が始まった。「ハーバート? ミセス・ケインよ」声がすっかり険しくなっていた。「ミスター・エンジェルのことは気が変わったの。先方に事実を伝えてきてほしいのよ。ミスター・エンジェルの件で嘘をついたと認めてちょうだい」

エンジェルはマーゴの手から受話器を奪い取って耳に当てた。「――あたしを叩きのめすとか――」たしかにハーバート・ローズの声だ。彼は受話器を返した。

マーゴは〝小利口な男ね〟という顔を向けてから、受話器に言った。「かまわないわ、ハーバート。洗いざらい話して。わたしの名前以外はね。名前は出さず、そこはミスター・エンジェルから説明があるとだけ言うの。でも、無理強いされてやった、後悔していると。ほかの人たちにもそう伝えておくから。ええ、そうする。すぐにやって、ハーバート。そうよ、ハーバート。じゃあね、ハーバート」

マーゴはさらに四回電話をかけ、どれも同じ内容を、同様に抜かりなく伝えた。すべて終わると言った。「ほら! これですんだわ」

「殺しの濡れ衣が残ってる」

「まあ、それはおたくのボスたちが始めたことだし、あちらにやめさせましょう」

「ああ、そうだな」

「わたしは手を尽くしたわ」どうもマーゴはだんだんすねてきた様子だ。もっと喜んでくれると思っていたといわんばかり。

「まだ訊きたいことがある」

「どんなこと?」

「どうしてチャーリーの死体を盗んだ? 死体はいまどこにある? どうしてメリウェザーを殺した?」

「盗んだ——殺した——なんですって?」

「ちがうな」エンジェルは言った。「あんたは自分の手を汚さなかった、それは流儀じゃないからな。他人にやらせるんだ。ローズならできるが自分はできないからと、やつにおれを始末しに行かせたみたいに。つまり、あんたはカート・ブロックを——」

「そんな名前は聞いたことも——」

「きのうの午後、おれはあんたがブロックのアパートメントに入っていくのを見た。そのとき、おれが来ていたことを聞いたんだろう。だから、おれの腹を探ろうとして夕食に誘ったんだ」

マーゴはいまやすっかり頭にきているようだ。「さっぱりわからないわ」彼女は言った。「なんの話だか」

「おれがブロックの家を出たすぐあとで、あんたが来たんだよ」エンジェルは言った。「おれはまだ建物の前にいた」

「そんなはずないわ。姿を見かけなかったもの！」

「あんたはブロックに会おうと慌ててたからな！」

「カート・ブロックなんか、なんとも思ってないわ。彼はわたしを慰めてくれただけ。なんの関係もない人なのに、どうして名前が出てくるのかわからない」マーゴは取り乱し、レースのハンカチをくしゃくしゃにした。「どうしてカートにやきもちを焼くの？」彼女は叫んだ。「あなたと比べたら――」

「黙れ！」

「わたしに怒鳴らないで！」

エンジェルは口をあけ、閉じて、怒鳴らずに息を吸った。それから穏やかに言った。「わかった。もう怒鳴らない。おれが知ってることを話すから、それが終わったら、あんたが残りを話すんだ」

「いいかげん」マーゴは言った。「うんざりしてきた――」

「この先も口を挟む気なら」エンジェルは言った。「怒鳴るしかないな」

彼女はぱっと口を閉じ、窓間鏡のほうをにらみつけた。

エンジェルは言った。「他人を使うのがあんたの流儀だ。ローズにおれを始末させた。ブロックにチャーリー・ブロディの死体を盗ませた。メリウェザーは自分で殺したのか、やっぱりだれかにやらせたのか？　それから、チャーリー・ブロディの死体をどうするつもりだったのか、教える気はあるのか？」

マーゴははじかれたように立ち上がった。「あなたこそどうなのよ？」金切り声をあげた。「チャーリー・ブロディの死体、チャーリー・ブロディの死体って、ほかのことは考えられないわけ？　さっきからそればっかりで、もう頭が変になりそう。それがなんになるの？　本人は死んでるのに、死体になんの用があるのよ？」

「そう言うあんたこそ、なんの用がある？」

「なにも。わたしは死体を持ってないし、なんの――」

「あんたが持ってる！」エンジェルはマーゴに食ってかかった。「自分で盗まなかったとしても、だれかにやらせて手に入れたんだ！　いったい――」そこで彼は口をあけたまま言葉を切った。

マーゴはエンジェルを見た。「なによ？」

「ふーん」エンジェルは言った。目は宙を見つめているが、表情からすると、むしろ頭の中のスクリーンに映っている映画を見ているようだ。「そうさ」彼はうなずいた。「それでいい」

「なにがいいの？」マーゴはぼんやりしてハンカチを落とし、エンジェルに近づいた。「今度はなにを考えてるのよ？」

「暮らし向きが苦しくなってきたな」エンジェルは言った。「稼ぐそばから浪費する、それがあんたの流儀だろ。会社の金を使い込むのも、やりそうなこった。追徴課税もあるんだろう。いよいよ危なくなってきたんだ」彼は両手を広げた。「こんな家を買って――」

「階上の二階ぶんは貸してるわ」マーゴはまくしたてた。「税金と維持費対策に。マーリーとわたしはここと下の階に住んでいるだけよ」

「メルセデス」とエンジェル。「あの車はあんた専用にちがいない。亭主には亭主の車、キャディラックが……」

「リンカーン・コンチネンタルよ」マーゴは言った。「キャディラックは大衆車だわ」

エンジェルはうなずいた。「そうだな。なにもかもお似合いだよ」

「本当に」彼女は言った。「あなたの話が理解できたらいいのに」

見まわすと、部屋の奥にも両開きの引き戸があった。ゆっくりとそこへ向かいながら、エンジェルは言った。「物事を正しい方向から見て、すべてをちゃんと組み合わせれば、簡単なんだ。ジグソーパズルみたいなもんさ。あんたがいつも自分じゃできないことを他人にやらせてるみたいに。あんたはしょっちゅうそうしてる。だから問題はただひとつ、あんたがチャーリー・ブロディにやらせたのは、自分じゃできないどんなことだったのか？」

「あなた、完全にどうかしてる。そこから離れてよ」

「で、答だが」エンジェルは引き戸に手をかけた。「あんたはチャーリー・ブロディをどこかへやって身代わりをさせた」彼は引き戸を開いた。「あんたの身代わりをね」と彼は闇に話しかけた。そこにはがっしりした体格の、目をぎらりと光らせた男が立っていた。

男はにやりとして、ポケットから銃を出し、エンジェルに狙いをつけた。

「マーリー・ケイン」エンジェルは言った。「あんたはマーリー・ケインだな」

「はじめまして、ミスター・エンジェル」マーリー・ケインが言った。

エンジェルの背後でマーゴが言った。「しでかしたことがわかる？　自分で自分をのっぴきならない状況に追い込んだのよ」

「妻の言うとおりだ、ミスター・エンジェル」ケインが言った。「きみは自分をのっぴきならない状況に追い込んだ」

「保険金か」エンジェルは言った。自分がどんな窮地に立たされているか考える余裕はまだなかった。たったいま謎が解けたばかりで、まだパズルのピースをはめている最中なのだ。「あんたは最高額の死亡保険金に入り、女房がそれを受け取る。借金も帳消しになり、女房は会社を処分できる。それから、ご両人でどこへでも高飛びするって寸法だ。ブラジル、ヨーロッパ――」

「カリブ海だよ」ケインが言った。

「余生は安泰か」

ケインは再びにやりとした。「死後がね」と静かに言う。「死後は安泰さ」

「だから」エンジェルは言った。「あんたの女房はブロックに近づいて――」

ケインの笑みがややゆがんだ。「いささか近づきすぎたらしい」彼は言い、ゆがんだ笑みをエンジェルから妻に向けた。

「わたしはするべきことをしただけ」マーゴは言った。「あれはあなたの思いつきだったのよ、マーリー」

「あんたたちが探してたのは」エンジェルは続けた。「適当な死体だ。めちゃくちゃになった、会葬者と対面しない死体。ブロックは死体を盗み、あんたたちがそれを会社へ運び、火をつけた。これでマーリー・ケインは死んだことになる」

「完全にね」とケイン。

「ところが、なぜかメリウェザーに怪しまれた」

ケインの笑みはいよいよ引きつった。「あの男は盗み聞きしたんだ。妻とブロックが話しているところをな。わたしたちをゆすって、分け前にあずかろうとしたんだ」

マーゴが言った。「あなたはあの人と話をつけてくるはずだったのに。まったく、すぐかっとするんだから」

「あの男は欲をかきすぎた」ケインが言った。「愚かなうえに、欲をかいたんだ」

マーゴが言った。「話を続けるなら、座りましょうよ」

「いいとも」ケインが応じた。「ミスター・エンジェル、失礼したね。立たせておくつもりじゃなかった。そこの椅子までうんとゆっくり歩いて、急に動いたり妙な動きをしたりせずに座ってもらえると、ひじょうにありがたい」

三人はリビングルームで、お互いを避けるようにして腰かけた。マーゴが口を開いた。「さあ、どこまでだったかしら？　ああ、そうそう。マーリーがミスター・メリウェザーに会いに行くと、わたしは不吉な予感がして、あとをつけたの。かわいそうなカートは、花に隠れてわたしといちゃついたせいでクビにされていたし。あなたが事務室に立っているのをうしろから見たときはね、ミスター・エンジェル、カートだと勘ちがいして、あなたがマーリーを見やしないかとひやひやしたわ。ほら、彼は主人が生きてることを知らないから」

マーリーはまたしてもにやりとした。「カートはまるでちがう筋書を頭に描いているんだよ」

彼は言った。「五十万ドル持ってマーゴとハワイへ駆け落ちする結末をね」

「かわいそうなカート」マーゴは言った。「すっかり当てが外れちゃうわ。とにかく、わたしはあなたを見てカートだと思い、〝ここでなにをしているの〟と言ったのよ。彼はクビにされたはずだったのに。あなたが振り向いて、人ちがいだとわかり、ミスター・メリウェザーが死んでいるのを見たとき、もう耐え切れなくなって、気を失ったわけ」

ケインが言った。「妻は耐え切れなくなるたびに気を失うんだよ、ミスター・エンジェル」

「その後、意識が戻ると」マーゴが言った。「そこにマーリーがいたの。主人は地下室へ続く階段に隠れていたのよ。だって、あの建物は警官だらけだったのよ、どうしたらよかったの？」

エンジェルが言った。「あんたは連中をおれにけしかけた」

「あくまでもマーリーを逃がすためよ。それからことがややこしくなってきたわ。わたしは何度もあなたに会って、あなたがなにをしてるのか、危険な相手なのかどうかを探らなきゃならなかった。結局、あなたとボスをもめさせるはめになったわ。よけいなトラブルに巻き込むつもりはなかったのに」

ケインが言った。「へたに手出ししなければよかったな、エンジェル。妻はわざわざローズとほかの連中に電話して、また話をつけたんだぞ。有利なうちに手を引くべきだった」

「まだ仕事が残ってるんでね」エンジェルは言った。

マーゴが立ち上がった。「さあ、これでなにもかも話したわ。今度はわたしにも教えてちょうだい」

「あんたに？　いいけど、なにを？」

「あなたの狙いはなんなの、ミスター・エンジェル？　どうして嗅ぎまわってるの？」

「チャーリー・ブロディだよ。おれはやつの死体を取り戻せと言われてきたんだ」

「でも、どうして？　どうして死体が消えているとわかったの？」

「やつの棺桶を掘り返したら、からっぽだった」

ケイン夫婦は顔を見合わせた。マーゴが言った。「ミスター・エンジェル、どうしても知りたいの。どうして棺を掘り返したの？」

「チャーリーのスーツさ」エンジェルは言った。

「スーツ？」

「そこにボスが欲しがってる物が入ってたんでね」

夫婦はまた顔を見合わせた。マーゴが言った。「スーツ。これまでずっと、死体じゃなくて、スーツを追っていたのね」

「われわれはあつらえ向きの死体が欲しくて」ケインは言った。「この男は死体が着ていたスーツが欲しかったのか」

エンジェルは言った。「あれをどうした？」

マーゴは肩をすくめた。「さあねえ。カートがいっさいを引き受けてくれたから。彼には死体に着せるマーリーのスーツを一着渡したわ」

「じゃあ、カートがスーツの行方を知ってるのか」

ケインは言った。「きみについて言えば、この件に深入りしすぎた。生かしておけない」

マーゴが言った。「マーリー、こんなのいやだわ。最初は単純な保険金詐欺だったのに、立派な犯罪になってきたじゃないの。あなたはすでにひとりの男を平然と殺しているのに、また繰り返してはだめ。マーリー、人を殺せば万事片づくと考えるようになったらおしまいよ」

「つべこべ言うな」ケインはぴしゃりと言った。それから表情をやわらげてユーモアにあふれた皺を寄せ、エンジェルに言った。「すまないね、ミスター・エンジェル。本当にすまない。しかし、わたしが生きていると知っている人間を放っておけないんだ」

「だろうね」エンジェルはひそかに考えていた。高い窓のどれかから飛び降りるか？　そこまで無事にたどり着けまい。それなら、もうちょっとなりゆきを見守ろう。

マーゴが尋ねていた。「でもどうやって、マーリー？　この人の死体はどうするの？」ふと、彼女はくすくす笑い出した。「いっぺんに、どう始末すればいいかわからないほど死体を抱え込むなんて」

「ああ、ミスター・エンジェルならどうすればいいかわかってるとも」ケインは答えた。「そうとも、ミスター・エンジェルは見つからないよ、ダーリン。そのかわいい頭を悩ませるんじゃない」

「この人をどうすればいいか、わかっているの？」

「わかっているとも」

「どうするの？　教えて！」

「ある墓を知っている」とケイン。「死体がない墓をね。棺などは揃っているが、死体がないんだよ」彼はエンジェルに笑顔を向けた。「きみは別にかまわないだろうね、ミスター・エンジェル」彼は言った。「墓石に彫ってある名前が〝ブロディ〟でも」

22

リンカーン・コンチネンタルという車のトランクのいいところは、ゆったりしていることだ。このリンカーン・コンチネンタルのトランクの悪いところは、エンジェルが鋤《すき》とつるはしと懐中電灯とジャッキとタイヤチェーンと一緒に詰められ、冷たくて固くて丸い小さな物にずっと腰をつつかれていたことだ。

ニューヨーク市の通りは恥さらしもいいところだった。一九六〇年ごろ、市は道路にできた穴という穴のまわりをなぜか黄色いペンキで塗らせたが、それ以外は放りっぱなしだった。エンジェルはケインの車のトランクでブルックリンへ向かいながら、ニューヨークの市政にあれこれ考えをめぐらせた。

だが、どんないいことにも終わりがあるもので、最後のがたんというひと揺れとともに、この旅も終わった。エンジェルは闇の中でジャッキの持ち手を握り締めた。トランクの蓋が開くなり、マーリー・ケインの手から銃を叩き落せないだろうか。

ところが、そこまでのツキはなかった。トランクをあけたのはマーゴ・ケインであり、夫はずっとうしろに下がり、なおかつ片側に寄っていた。そこならエンジェルの手は届かないが、マーゴは夫の狙いをさえぎらない。

「ジャッキを離せ、エンジェル」ケインが言った。「ただし、つるはしとシャベルと懐中電灯を持ってこい。マーゴ、後部座席から毛布を取れ」

それは忘れじの墓に続く、忘れじの小道だった。ちがっているのは、前回の連れがウィリー・メンチックだった点だけだ。そう、そして前回はウィリー・メンチックが墓に入ることになっていた。いまではちょっと事情が変わった。

やっと午後九時をまわったところだが、墓地は午前三時のようにひっそりしていた。三人は小道でカチャンチリンと音を立てながら、できたてほやほやの墓まで歩いた。マーゴが毛布を広げ、エンジェルはここ三日間で二度目にチャーリーの墓をあばき始めた。

作業がはかどったように思えるのは、前回は慌てていたのに今回はちっとも慌てていないからだろう。そんなわけで、どちらも失敗したのはよくある人生の皮肉だった。エンジェルが棺を掘り当てたとき、鋤が蓋にぶつかってうつろな音を立てた。

ケインが近づいてきた。「これか？」

「これだ」

「あけろ」

「ここに立ってるんじゃ無理だよ。前のときも苦労して、穴から出るしかなかった」

ケインはじれったそうなしぐさをした。「じゃあ、上がってこい」

エンジェルはお手上げという格好をした。「引っ張ってくれないと」

ケインは首を傾げた。「そうかな？　わたしを穴へ引きずり込んで銃をもぎとり、形勢を逆転しようという魂胆じゃないか？　マーゴ」

彼女が進み出た。

ケインは妻に銃を渡した。「やつに銃を向けろ。妙な動きを見せたら、かまわず撃て」

「わかったわ、マーリー」マーゴはそう言ったものの、自信はなさそうだった。「ここはすごく気味悪いわね」

「いままで気にしなかったじゃないか」ケインが言った。

「ああ、マーリー」マーゴはそう言って、急に気を失い、銃を墓穴に落とした。銃は棺の上で跳ねた。

エンジェルは銃がもう一度跳ねる前にそれをつかみ、マーリー・ケインに銃口を向けた。ケインは逃げ出すわけでなく、エンジェルに飛びかかるわけでもなく、どうしたものかと身構えている。「待てよ」エンジェルは言った。「無茶するな、ケイン」

「エンジェル、この礼はするから――」

「ガタガタ言うな、ケイン。あんたを殺さない。殺すわけないだろ」

ケインはぽかんとした。地面で彼の妻がうめき声をあげた。

エンジェルは言った。「わからないのか？　気絶したのは芝居だ、一か八かの賭けだよ。おれが銃を拾ってあんたを殺すか、あんたが銃を拾っておれを殺すか。どっちに転んでもこの女は平気なんだ。おれが殺されれば、あとであんたを始末する別の手だてを考えるにきまってる」

「どういうことだ?」

「この女の本命はブロックだ、あんたじゃない。遺産を相続するために、あんたに生きていられちゃ困るんだよ」エンジェルは銃を持ち上げた。「しかも、これが彼女の流儀だろ。今回はおいにこの仕事をさせたんだ」

ケインはうなり声をあげ始めた。

マーゴ・ケインは体を起こした。エンジェルに憎々しげな目を向けた。「どう――どうしたの?」

「この性悪女!」ケインがわめいた。

マーゴはひるみ、それからエンジェルに憎々しげな目を向けた。「覚えてらっしゃい!」

「お互いさまだよ、ハニー」エンジェルが言った。

ケインはつるはしをつかみ、墓穴をまわって妻のほうへ近づいていった。「ツケは払ってもらうぞ」彼はうなっている。「今回はツケを払ってもらうから――」などなど。

夫が迫ってくるのを見て、マーゴはぱっと立ち上がった。ケインはウオーッと声をあげて墓穴の周囲を走り、彼女はキャーッと叫んで闇の中に逃げ出した。わめき、悲鳴をあげ、怒鳴り、金切り声をあげ、騒々しい音を立てながら、ケイン夫婦は一面に墓碑が立ち並ぶ光景を駆け抜け、やがて姿を消し――一、二分後に――音もしなくなった。

エンジェルは銃をポケットに突っ込み、墓穴を這い登った。またしても穴を埋める根気もなく、やる気もないので、そのまま放っておいた。

リンカーン・コンチネンタルのキーはイグニションに差し込んであった。言うまでもなく、これはマニュアル車ではない。おまけに、運転席はトランクの中よりはるかに快適だ。ブルックリンからマンハッタンへ戻る旅は順調そのものだった。

十時少しすぎに西二十四丁目で、マーゴ・ケインがきのうメルセデスをとめた消火栓の前にエンジェルは駐車した。通りを渡り、カート・ブロックが住む建物のベルを押すと、入り口のドアをあけていいというブザーが鳴った。

ブロックは階上の自宅アパートメントの戸口で立っていた。「あなたは刑事だと言ったじゃありませんか」どうやら腹を立てているようだ。

「おれがおまわりじゃなくてよかったじゃないか」エンジェルはブロックに言った。「死体を盗むのは違法行為だ。軽犯罪だぜ」エンジェルはブロックをあとずさりさせ、部屋に入ってドアを閉めた。「拘置所に三十日ぶち込まれることもある」

「えっ？　なんだって？　いったいぜんたい――」

「なんの話かわからない。ああ、そうだな、そのせりふはさっき聞いた」エンジェルは銃を取り出し、てのひらにさりげなく持って言った。「これをどこで手に入れたと思う？　だれにもらったか当ててみろよ。さあ、言ってみろ」

ブロックは銃を見つめている。「どういうつもりで――」

「あんたには使わないよ、心配するな。必要に迫られないかぎり。おれがこれをどこで手に入れたかわからないか？　じゃ、教えてやらないと。マーリー・ケインからさ」

「マ、マ――」

「そう。マーリー・ケインだ。あいつの女房はあんたにどんな言い訳をした？　あんたは死体がどんなことに使われると思った？」

「ぼく――本当に――勘弁して――」

「いいかげんにしろ、ブロック。あの死体の名前はチャールズ・ブロディ。顔が焼けただれて、会葬者と対面しなかった男だ」

ブロックは、右に左に、右に左に一本調子で首を振っている。

エンジェルは言った。「今日ブロディはマーリー・ケインという名前がついた墓に埋められた。マーリーはどこにいると思う？　わかってるだろうが、やつは生きてる」

「嘘だ」ブロックはあいかわらず単調に首を振りながらつぶやいた。「そんなばかな。彼は溺死したんだ」

「溺死した？　へえ、あの女にそう言われたか？」エンジェルは吹き出した。「たいしたもんだよ、マーゴは。熱弁を振るう声が聞こえるようだね。あなたを愛しているからマーリーを殺したけど、死体を湖の底に沈めたから、死んだことを証明できない。財産を凍結されないよう、別人の死体を盗んできてマーリーに仕立て、彼がもう一度死ぬお膳立てをするのよってな具合だ」

「どうしてそれを――」

「マーリーは生きてるからさ。これは保険金詐欺なんだよ。マーゴはあんたをだましたんだ」

「まさか、そんなはずはない。そんなはずは」

「あんたたちはハワイへ駆け落ちしようとしてた」

「そうさ!」

「マーゴはあんたの思いつきだと教えてくれたよ」

「思いつき?」真実がふとブロックの頭にしみこんでいった。「思いつきだって? じゃ、彼女は本気じゃなくて——。そんなつもりは——」

「これっぽっちもない」

「いまどこに——?」

「さあな。最後に見たときは、つるはしを握ったマーリーに墓地中追いまわされてたっけ。ただ、あの女はめっぽう足が速いから逃げ切るだろう。そのときはここに現れるかもしれないが、おれだったら、中に入れてやらないね。マーリーだって女房を捜してここへ来かねないが、あの男も入れないほうがいい」

「マーリーが……」

「マーリーに言わせると、女房はあんたを取り込もうとして調子に乗りすぎた」

ブロックは思わず縞模様のソファをちらりと見て、そわそわと唇をなめた。「ここを出なくちゃ」彼は言った。「ふたりが来ないうちに出ていかないと」

エンジェルはドアの前に立ちはだかった。「ひとつ教えてくれ」彼は言った。「教えてくれたら、行っていい」

「だめです、もう行かないと——」

「ひとつだけだ」エンジェルが言った。「少しはじっとして、おれの話を聞け。ひとつ教えてくれたら、どこへでも好きなところへ行っていい」

ブロックは見るからに必死になって自分を抑えた。「なんです？　なんでも教えます。なにが知りたいんです？」

「あのスーツだ」エンジェルは言った。

「スーツ？」

「ブロディはスーツを着てたんだ」エンジェルが言った。「青いスーツを」

ブロックは首を振った。「いいえ、着ていませんでした」

「なんだって？」

「あの死体は茶色のスーツを着ていました」

「茶色のスーツを」

「はい。ぼくが火葬したんです」

「なにをしたって？」

「葬儀場の裏手には専用の火葬場があって、ぼくはそこでスーツを焼いたんですよ。証拠になるといけないから」

「で、それは茶色のスーツで、青いスーツじゃなかった。たしかに、茶色のスーツなんだな？」

「もちろん。茶色のスーツに黒い靴を合わせていたのが気になりました。ほら、ファッションのルール違反ですから」

「ああ、そうだな」

「もう行っても?」

エンジェルはブロックに向かってにやりとした。「ああ」彼は言った。「行っていい」

「あなたがブロディのスーツになんの用があるのか知らないけれど」ブロックはむきになって言った。「まちがいなくあの死体は葬儀場で茶色のスーツを着ていました」

「信じるよ」エンジェルはブロックに言った。「あんたの言うことを信じるって」

ブロックがドアへ向かうと、エンジェルが言った。「もうひとつだけ」

「今度はなんです?」

「だれかにそのスーツのことを訊かれたら、あれは青いスーツだった、ぼくが焼いたと答えてくれ。青いスーツだった、ぼくがそれを焼いた。わかったか? そう言えば、面倒に巻き込まれずにすむ」

「じゃあ、そうします」ブロックは約束した。

「よし」エンジェルは言い、大笑いした。

ブロックのあとから階段を降りて通りに出るときも、エンジェルは忍び笑いをしては首を振っていた。

23

またもやエンジェルは非常階段を降りて窓から入り、黒い寝室を横切って明かりのスイッチへ向かったが、今回は明かりをつけてもだれもいなかった。

彼女がいるとは思わなかったし、案の定いなかった。なにも持たずに出ていったとみえる。キッチンのテーブルの、以前に彼が手紙を置いたところに新しい手紙があった。文面はこうだ。

親愛なるミスター・エンジェル

あなたがこの手紙を手に取ることがあるかどうかわかりませんが、もしあれば、あなたがあたしと亡夫チャールズ・ブロディのためにしてくれたすべての働きに感謝しています。

あたしはあなたがそろそろ察したとおりの理由で逃げ出していて、どこか遠くで新しい暮らしを始めようとしてます。女は年をとるものだし、アーチー・フライホーファーのもとへ戻って働くのがいちばんだとは思えません。

あなたの下着にアイロンをかけて、リビングルームのソファに置いときました。

敬具

たしかに下着はソファの上にあり、清潔でぴかぴかして皺ひとつなかった。靴下はなんとくるくる丸めてある。

あの女はどこか遠くの町で、どこかの男のとびきりいい女房になるだろう。そいつのために料理と洗濯と裁縫をして、ベッドでも立派に面倒を見て、昼も夜も亭主に尽くす。おまけに、あの持参金。混ぜ物なしのヘロインで二十五万ドルだ！

「ボビーがあれを持っててもおかしくないが」エンジェルはつぶやいた。「ニック・ロヴィート、あの薄情者に手に入れる資格はないね」

エンジェルが電話機に近づいてニックの自宅の番号をダイヤルすると、すぐに本人が出た。

「アルか！　おい、無事なのか？」

「元気ですよ、ニック。ローズたちから話を聞いたでしょう？」

「やつらに落とし前をつけてもらうぜ、アル。そうさせるからな」

「どうして？　あいつらは無理強いされたのに。無理強いされた人間を責められませんよ」

「アルよ、おまえはとんでもなく心が広いんだな。わかってるのか、小僧。そんな風に勘弁してやるのは、見上げた行いじゃないか」

「ええ、まあ……」

「ローズの話じゃ、あとはおまえから説明があるらしいが」

「そうです。マーゴ・ケインって女がチャーリーの死体をかっぱらったのは……」エンジェルはそれから五分間、青いスーツについて最後にわかった事実を抜かして、ニック・ロヴィートに詳しく説明した。話が終わると、ニックが言った。「ま、結局そんなもんさ。燃やしたって?」

「火葬にしたんですよ。残ったのは灰だけです」

「そりゃ当てが外れたが、この程度ですんでなによりだ。おまえに対する誤解が解けなかった場合もあったんだからなあ。ずっと裏切り者のろくでなしだと思ってたかもしれなかった。きれいに片がついてよかったよ、小僧。おまえが戻ってくるなら、ヤクをなくしてもどうってことない」

「じゃあ、ウィリー殺しのでっちあげは?」

「清算した。今夜、この一時間でな。苦労したんだぞ、小僧。まったくだ。いくらかかったと思う? べらぼうな金額だ。おまえが有罪になってた場合と変わらなかったんだからな!」そう言って、ニック・ロヴィートは笑い出した。

「そりゃよかった。じゃ、おれの容疑は晴れたわけだ」

「そうだ。一、二週間は休みをとってから仕事に戻れ。それで——」

「いやだね、ニック」

「なんだと?」

「こんなことがあったんじゃ戻れないよ、ニック。もうあんたの下では働かない」

「小僧、おれが清算した。なにもかも片がついたんだ」

「おれのほうはそうじゃない。これで縁切りだ。恨んでやしないが、金輪際あんたのために働きたくないんでね」

ニック・ロヴィートは疑わしげな口調で言った。「どこかの組織から誘いが来たのか？　シカゴのウィノッキか？」

「どこからも来ないよ、ニック」

「いいことを教えてやろう。抜けたいんなら、抜けりゃいい。だが、すっぱりとだぞ、小僧。抜けるんなら、組織からすっぱり手を切ることになる。おれがおまえの名前を中央幹部会に送れば、もうどこにも雇われない。どこにも引っ張られないかわりに、どこにも雇われないからな」

「それでけっこうだよ、ニック。どうせ組織と関わりたくない」

「まったく、どうかしてるぜ。将来有望だったのに。ゆくゆくは幹部会のメンバーになれたかもしれないぞ」

「お断りだよ、ニック」

「好きにしな」ニック・ロヴィートはむっとした口調で言い、電話を切った。

エンジェルは下着を抱えて自宅に戻った。

24

玄関ドアには手紙が、例によって付け爪で留められていた。炎の色の口紅でけんかを売るように書かれ、読み取るのがやっとだった。文面は、まあだいたいこんな感じだ。

もういいわよ。
このひきょうもの！
あたしはカリフォルニアへ帰る。
さよなら。
このろくでなし!!

またしても署名はなかったが、またしてもその必要はなかった。
エンジェルはドアから手紙を外し、錠をあけてアパートメントの中に入った。ドアを閉め、玄関ホールを抜けてリビングルームへ向かうと、キャラハン主任警部が白い革張りのソファに座っていた。私服姿だと、ついていない日のジェイムズ・グリースン（米国の俳優）にそっくりだ。

エンジェルは言った。「聞いてないのか？　おれはきれいな体だぜ」

「マリファナ漬けだったんじゃあるまいし」キャラハンが言い、立ち上がった。「あれはうちの管轄じゃないしな」彼は言った。「おまえはニュージャージーでちょっとドジを踏んだ」

「そういうことにしておこう」エンジェルは言った。「あれはでっちあげなんだよ」

「いつもそうだな」キャラハンは言った。

「今回は本当なんだ。考えてみろよ、あの事件はできすぎじゃなかったか？　簡単すぎなかったか？　おれだってプロの端くれなのに」

キャラハンは顔をしかめた。「そうじゃないかとちらっとは考えた」彼は認めた。「だが、垂れ込みにケチをつけない主義なんでね。おまえをつかまえられるなら、エンジェル、でっちあげであろうがなかろうがかまわん」

エンジェルはかぶりを振った。「あんたは真っ正直なおまわりだ」彼は言った。「そんなことするもんか」

キャラハンは背を向けて顔をさすった。「抜け目のない連中め」

「おれは組織から抜けたんだ」

「そうだろうよ」

「まじめな話。今夜ニックと手を切った。理由はあのでっちあげと、ほかにもあれこれあって。おれはまともに扱われなかったんだ」

キャラハンはエンジェルをじっと見てから言った。「なあ、そんな事情はおれの知ったことじゃない。今日は言っておくことがある。おまえの雇い主がだれかとか、おれの話がまだ通用するかどうかは関係ない」

「話ってなんだ」

「おれはおまえを追いかけるぞ、エンジェル。おまえが切れ者なら、おれが引退したか死んだっていう噂を聞くまでニューヨークを離れていることだ。狙われてるからな。おれは厳選したリストを持ってて、おまえの名前はそこに入ったばかりなんだよ」

「リストに載ってるほかの連中はどうしてる？」

「ほとんど電気椅子で死んだよ、エンジェル。何人かは、ときどきシンシン刑務所まで面会に行くが。おまえみたいなチンピラにも目を向けるのは、最近リストがどんどん短くなってくからだ」キャラハンはソファからひしゃげた帽子を取った。「じゃ、またな、エンジェル」

「ああ」エンジェルは言った。「またな」

キャラハンが出ていくと、エンジェルは気持ちを落ち着けようとして酒を用意した。すべて片づいたのに、これまでどおりキャラハンにつきまとわれるのは、ちっとも嬉しくなかった。

そのとき電話が鳴った。受話器を取ると、例の声が聞こえてきた。「アロイシャス、なんべんもなんべんも電話したのに――」

「カリフォルニア」

「いいかげんにしなさいよ。カリフォルニアのことなんか、もう聞きたかないね。知りたいのは、今晩の夕食に来るかどうかだよ。あたしはたかが母親だけど――」

「もうたくさんだ」エンジェルは宣言した。「これっきりだからな」受話器を置き、大股で寝室へ向かい、ふたつのバッグに荷造りしているあいだに再び電話が鳴った。しばらくして荷造りが終わり、呼び出し音もやんだので、ドリーのカリフォルニアの住所を訊こうと、彼女の友人ロクサーンに電話をかけた。ロクサーンはドリーの住所を教えたあとでエンジェルに言った。「アルったら、あの子、ぷりぷりしてるわよ。電話くらいしてやらなきゃ」

「そうだな」とエンジェルは言った。「ここんとこ、ちょっと忙しくてさ。でも、もうすっかり片がついたよ」

解説

中辻理夫（文芸評論家）

ドナルド・E・ウェストレイクの本領と言えば、それはやはり、スラップスティック・クライム・ノヴェルであろう。代表格が、天才的頭脳を持っているのにいつも不運に見舞われてしまう犯罪プランナー、ジョン・アーチボルド・ドートマンダーを主人公にしたシリーズだ。彼の初登場作品は『ホット・ロック』（一九七〇＝原書発表年。以下同）で、以後、『強盗プロフェッショナル』（一九七二）、『悪党たちのジャムセッション』（一九七七）などの主役作品が継続的に書かれていった。ウェストレイクは二〇〇八年に七十五歳で亡くなったが、〈ドートマンダー〉シリーズは晩年まで続いたのだった。

一方、ウェストレイクが元々はハード・タッチを得意としていたこともよく知られるところだ。処女長篇『やとわれた男』（一九六〇）など初期四作いずれもがそういう色合いだ。しかし結局のところ、この路線は別ペンネームの作品群に託される。一九六二年から始まったリチャード・スターク名義〈悪党パーカー〉シリーズである。加えて彼はタッカー・コウ、サミュエル・ホルトなどほかにもいくつかのペンネームを駆使しているのだけれど、それはともかく、本解説ではあくまでウェストレイク名義の作品がハード路線からコメディ・タッチへ変わっていったことに留意したい。

さて、このたび初邦訳となる本書『忙しい死体』*The Busy Body*は七作目の長篇で、原書刊行は一九六六年である。明らかにコメディ・タイプの作風、且つ先述の〈ドートマンダー〉シリーズより前の発表だ。作家史初期の作品と言っていいだろう。ちなみにウィリアム・キャッスル監督で映画化、一九六七年に本国アメリカで公開されている（日本では未公開だがテレビ放映された）。

主人公はニューヨークを根城にしているギャング組織の若い幹部、アロイシャス・エンジェルだ。麻薬の運び屋チャーリー・ブロディが死んだ。死因は心臓発作で、抗争や事件に関わるような名誉ある死ではない。しかし組織のボス、ニック・ロヴィートは豪勢な葬式を実行した。現役組員が死ぬのは三、四年ぶりなので、世間に自身の影響力を久々に示すには絶好の機会と考えたのだ。だが、葬式のあとチャーリーの家から青いスーツを持ってくる計画は頓挫してしまった。

彼は取引のとき、いつもそのスーツを着ていた。ニューヨークからボルティモアに行く際は、現金を裏地に入れ縫い込み、官憲にバレないようにした。そして現金を抜いたあとヘロインを入れ、同じ要領で縫い込み、隠し持って来る、ということを繰り返していたのだ。彼の死はボルティモアから戻ってきた直後だった。ところが、そのスーツを着たまま埋葬されてしまったようなのだ。

エンジェルはニックから墓の掘り返しを命じられる。当然、ヘロインの入ったスーツを持ってくることが目的だ。渋々というか怖々、言う通りにするものの、墓穴の棺のなかには誰も横たわっていなかった。空っぽなのだ。ありのままを報告したところで、ニックが納得するはずはない。ギャングのボスとはそういうものだ。無情にも死体、というかスーツの行方を捜すよう、新たな任務を課してくるのだった。

基本的に本作のストーリーは、ミステリの常道からかけ離れたものではない。オーソドックスを保っている。エンジェルは私立探偵に近い立場を担い、死体消失の謎を解決すべく、葬式のときの状況を知っていそうな人間を当たってみたり、いわば正攻法とも言える聞き込みを続けていくのである。

なのだけれど、調査の過程で次々とトラブルに巻き込まれていくところが、何ともドタバタ喜劇風だ。例えば、なぜかチャーリーとは別の死体と遭遇し殺人犯と誤解され、追ってくる警察から逃げ回るシーンなどにスラップスティックな魅力が満ちあふれている。

なかなかスーツに行き着かなければ、当然ニックはせっついてくる。焦燥感は募る一方だ。そういう忙しいときに恋人が連絡をくれるよう執拗に催促の置き手紙を部屋の入口に残していくし、母親は手料理を用意したからたまには家に顔を出しなさいと電話してくるし、エンジェルの焦りはますます高まる。

本書の面白さは、巻き込まれ型サスペンスの要素に因るところが大きい。主人公の全く予測できない方向から新たな人物が現われては横ヤリを入れ、トラブルの強度がエスカレートしていく。一種の不条理劇と言っていい。

ここで連想するのが作者九番目の長篇『我輩はカモである』（一九六七）だ。MWA（アメリカ探偵作家クラブ）賞の最優秀長篇賞を受けたこの作品では、人を信じやすい性格のためしばしば詐欺被害に遭ってきたフリーの調査員が主人公を務める。顔を合わせたこともない叔父の遺産がいきなり転がり込んできたことをきっかけにして、トラブルに見舞われていく。この叔父は生前いかがわしい仕事に就いていたらしく、何者かに殺害されていた。主人公は警察から最有力容疑者の烙印を押され、さらには暗殺者に命を狙われる。

いわばエスカレーション・ノヴェルという点から見て、本作『忙しい死体』が『我輩はカモである』の予告篇的意味合いを持っているのは確かだ。しかし、それのみではない。初期のハード路線から移行しスラップスティック・スタイルが確立するまでの、架け橋のような役割も担っているのだ。ある意味で過渡期的作品なのだろうが、それゆえに作風変化を辿るうえで無視することはできない。

ウェストレイクの初期四作はシリアスな色合いだ、というのは定説になっている。なるほど、実際そうなのだけれど、よくよく読むと四作目『その男キリイ』（一九六三）は、かなりひねりを利かせている。最初の三作は主役が殺し屋であったり私立探偵であったりと、それぞれ趣向を変えているものの、基本的には暗黒社会、組織暴力の世界が物語の主軸を成している。ところが四作目では、労働組合の活動がメインに描かれるのだ。

主人公のポール・スタンディッシュは大学生である。専攻する学課と関係ある仕事に半年就く研修が義務づけられており、経済学専攻の彼は全米機械工熟練者総同盟という組織に身を預ける。各々の会社にある労働組合を全国規模の組合に招き入れ、ネットワークを確立することが同盟の主な活動である。

ポールは幹部ウォルター・キリイの下に配属され、彼とともに事務所のあるワシントン市から小さな町ウィットバーグへ向かう。製靴会社の社員チャールズ・ハミルトンから来た手紙がきっかけだった。ハミルトンは経営者に不満を持っており、社の労働組合を全国組織に加入させたく思っているのだ。そのための活動をするのがキリイとポールの仕事である。

しかし到着間もなく、二人は警察に逮捕される。ハミルトンが何者かに射殺され、キリイが犯人と目されていた。先に釈放されたポールは、キリイの無実を晴らすべく独自の行動を始める……。

一見、いかにもハードボイルド小説の王道を突き進む物語のように感じられる。しかし実はそうでもないのだ。二十代の学生、ポールの人物像は心もとない風情である。彼は労働者たちや町の住民を支配する巨悪に挑む気構えを持っているのだけれど、読んでいるとそこはかとない危うさも感じる。つまり彼はハードボイルド・ヒーローとしてはヤワなのである。これはもちろん偶然の産物というわけではなく、作者がきちんと計算し、そのように描いているのだ。

ポールが敵と思っている町の上流階級、権力側のみならず、キリイの属している組織もまた、曖昧にではあるが、何かしらの秘部を持っているような描き方がなされていて、これはつまり、いまだ成熟していない一個の人間の心もとなさと、どのような類いのものであれ組織、集団が持つ強さ、底の見えなさとを対比しているわけだ。

この四作目で、作者はギャングの世界からあえて離れ、個人というものの無力さをテーマとしてより鮮明に打ち出したのである。


五作目の長篇『憐れみはあとに』(一九六四)は、多重人格者の殺人を描いたサイコ・サスペンスだった。本格的にコメディ・タッチへ移行する直前、ワンクッション入れた、という感じだ。そして六作目『弱虫チャーリー、逃亡中』(一九六五)で、ウェストレイクの方向性がほぼ決まったのだった。物語世界は再び暗黒社会に戻っている。主人公チャールズ・プール、通称チャーリーはバーの雇われ店主である。彼以外に従業員はいない。元々自堕落な性格で、どんな仕事をやっても長続きしなかったが、親戚の計らいで今の職にありついた。しかし、その店は暴力組織で取り扱う品物の中継ぎ地点にもなっており、カタギの職場とは言えなかった。

ある夜、二人の男が店に現われる。チャーリーを殺すつもりだと言う。どうしてなのか、わけは説明してくれない。チャーリーは隙を見て店を飛び出す。だが、ただ逃げ惑うだけではない。なぜ自分の命が狙われているのか、走りつつも、様々な人間に聞き込みを続け、その理由を探っていくのだった。

そう、この作品は巻き込まれ型サスペンスなのだ。受身的にピンチに巻き込まれ、且つピンチを打開すべく能動的に調査にも躍起になる。そして、そのプロセスはさほどハードボイルド・タッチではなく、むしろ危機的状況のエスカレーションに力点が置かれているのだ。

以上の作品を経て本作『忙しい死体』が生まれた。主人公エンジェルはれっきとした、ギャング組織の若手幹部である。しかし実力でその地位を獲得したのではない。たまたま、やはり組織の一員であった父の計らいで要職に就けたのだ。そして、文字通り楽な地位などあるはずはない。ボスの命令であれば墓も掘り返さなければならないし、そこから派生するトラブルにも対処するしかないのである。

前掲『我輩はカモである』では、主人公を取り巻く威圧的状況に、さらなる視野の拡がりが感じられる。個人対組織から、個人対社会というスケールにまでテーマが深まっているのだ。〈ドートマンダー〉シリーズもそうかもしれない。この域にまでウェストレイクが達するには、初期のハード・タッチ作品も踏まえた本作『忙しい死体』を書く必要があったのではなかろうか。尊重されてしかるべき架け橋、なのだ。

〔訳者〕
木村浩美（きむら・ひろみ）
青山学院女子短期大学児童教育学科卒。英米文学翻訳家。訳書にM・バンソン『シャーロック・ホームズ百科事典』（共訳、原書房）、H・ヘイクラフト編『ミステリの美学』（共訳、成甲書房）、M・ヴァン・スコット『天国と地獄の事典』（共訳、原書房）など。

忙《いそが》しい死体《したい》
——論創海外ミステリ　87

2009年8月15日　初版第1刷印刷
2009年8月25日　初版第1刷発行

著　者　ドナルド・E・ウェストレイク
訳　者　木村浩美
装　丁　栗原裕孝
発行人　森下紀夫
発行所　論　創　社
〒101-0051　東京都千代田区神田神保町2-23　北井ビル
電話　03-3264-5254　振替口座　00160-1-155266

印刷・製本　中央精版印刷

ISBN978-4-8460-0903-8